ROSE AMER

DE LA MÊME AUTEURE

Fiction

Blanc dehors, Héliotrope, 2015.

Les cascadeurs de l'amour n'ont pas droit au doublage, Héliotrope, 2011 ; série « P », 2015.

Rose amer, Héliotrope, 2009.

C'est quand le bonheur ?, Héliotrope, 2007 ; série « P », 2011.

Échographies, Vents d'Ouest, 2007.

Ventriloquies (avec Catherine Mavrikakis), Leméac, 2003.

Essai

Le monde est à toi, Héliotrope, 2017.

Nan Goldin.Guerrière et Gorgone, Héliotrope, 2014.

Les filles en série. Des Barbies aux Pussy Riot, Remue-ménage, 2013.

Histoires de fantômes. Spectralité et témoignage dans les récits de femmes contemporains, PUM, 2005.

Femmes psychiatrisées, femmes rebelles. De l'étude de cas à la narration autobiographique, Les empêcheurs de penser en rond, 1998.

Martine Delvaux

ROSE AMER

P

HÉLIOTROPE

Maquette de couverture et photo : Antoine Fortin
Maquette intérieure et mise en page : Yolande Martel

Catalogage avant publication de Bibliothèque et Archives nationales du Québec et Bibliothèque et Archives Canada

Delvaux, Martine, 1968-

Rose amer

(P)
Édition originale : 2009.

ISBN 978-2-924666-18-0

I. Titre. II. Collection : P (Montréal, Québec).

PS8607.E495R67 2017 C843'.6 C2017-940093-2
PS9607.E495R67 2017

Dépôt légal : 3e trimestre 2017
Bibliothèque et Archives nationales du Québec

Les Éditions Héliotrope reconnaissent l'appui financier du gouvernement du Canada.
Les Éditions Héliotrope remercient le Conseil des arts du Canada et la Société de développement des entreprises culturelles du Québec (SODEC) de leur soutien.
Les Éditions Héliotrope bénéficient du Programme de crédit d'impôt pour l'édition de livres du gouvernement du Québec, géré par la SODEC.

IMPRIMÉ AU CANADA EN AOÛT 2017

À ma mère

Au père disparu

Aux deux enfants perdus

Je suis arrivée dans un monde où on ne parlait plus des hommes, ce n'était pas un sujet de conversation parce qu'ils n'existaient pas vraiment, seulement les grands-pères, les patrons, les voisins, les médecins. La vie se passait entre filles. Il y avait la grand-mère et ses vieilles sœurs innocentes et maléfiques. Il y avait ma mère qui travaillait beaucoup. Il y avait moi. Et avec nous, parfois, il y avait la voisine d'en bas, aux cheveux longs et blonds qui tombaient en cascade sur ses épaules et qu'elle finissait par attacher au creux de sa nuque. Ça lui faisait une tête toute ronde qui se terminait en queue de poisson. Elle portait des pantalons pattes d'éléphant, des tricots moulants sans soutien-gorge dessous. Elle me prenait parfois en adoption pour libérer ma mère. Elle s'appelait Diane comme Diane Dufresne. Elle décrivait minutieusement les robes extravagantes que la chanteuse portait sur scène et m'apprenait *J'ai rencontré l'homme de ma vie.* Elle était pleine d'amour, et elle était gentille, elle n'avait pas d'enfants et parlait avec les petites comme les grands parlent avec les grands. C'était calme chez elle, elle disait : « Tu es une bouffée d'air frais » et me comparait à un petit beaujolais. Ces jours-là étaient faits de minuscules jouets cherchés le matin dans les boîtes de céréales, de Cracker Jack qui cassent les dents, de carrés de Rice Krispies collants, de sandwichs au poulet impossibles à tremper dans la sauce gluante du St-Hubert barbecue, de *sundaes* au chocolat fondant saupoudrés d'arachides pris au Dairy Queen. La vie était comme dans les contes. Les princes étaient absents et un jour ils arriveraient en trombe après avoir lutté contre un dragon. Samedi le prince charmant, dimanche l'enfant prodigue, et le reste de la semaine on attend.

Le soir du 1er juillet, ma mère me réveillait pour que j'assiste aux explosions colorées des feux d'artifices, à demi-endormie à la fenêtre de ma chambre perchée si haut dans le ciel qu'on avait l'impression qu'elle était en flottaison. C'était avant le village. C'était avant la deuxième vie. Je portais encore mon pyjama de flanelle bleue, je traînais dans mes bras ma doudou rose à ruban de satin, si froide entre les doigts, son tissage soyeux tout bosselé, une sorte de point de pop corn comme on fait au tricot mais très très serré. Dans ce monde-là, les hommes étaient des étoiles pâles en orbite loin de nous, vouées à s'éteindre dans la tache aveugle de l'univers. On disait que la vie était une chose à affronter toute seule, qu'il ne fallait rien attendre d'eux, ou alors si peu si peu. On donnait l'exemple de celui qui était parti. Ça, ce n'était pas un secret entre nous, c'était un secret pour les autres, une histoire pleine de trous. On disait qu'il était grand, qu'il avait les yeux verts, l'eau d'un lac dont on ne voit pas le fond, des algues entre les doigts de pied et une boue molle un peu gluante où on s'enfonce juste assez pour avoir peur d'y rester. On disait que ce n'était pas la première fois, qu'il était déjà passé par là, des filles il en avait connu beaucoup. On disait qu'il avait des sabots de bois et venait des maisons qui valsent sur l'eau. On disait qu'il avait les cheveux jaunes et qu'il était sans doute rentré dans son pays, là où tout le monde a les cheveux jaunes comme lui.

Le soir où elle était venue lui montrer son ventre comme une boule de cristal, ma mère avait fait le siège de la garçonnière parmi les draps sales, les mégots de cigarette, les cadavres de bière, et une vague odeur d'herbe et de patchouli. Elle avait fini par s'endormir, pour constater le lendemain, au réveil, qu'il était parti. Elle avait tourné en rond dans le petit appartement toute la journée. Elle l'attendait, ou elle faisait semblant. Elle avait fini par ouvrir les tiroirs, fouiller dans les placards, s'était rendu compte que le passeport avait disparu, une vieille valise et son argent aussi. C'était un petit voyou, mon grand-père l'avait tout de suite compris, mais ses paroles s'étaient perdues. Mon père était parti au vent comme les mousses de pissenlit qui recouvrent les pelouses d'une ouate blanche au printemps.

C'était un buveur de Coca-Cola amateur de James Bond, qui fixait rendez-vous puis posait un lapin. Dans le meilleur des cas, il arrivait des heures en retard, repartait sans avoir annoncé son départ, et on ne pouvait jamais savoir quand il allait rentrer. Ses amis avaient les cheveux longs et portaient des chemises à paisley. Des inconnus laissaient des messages pour lui chez Johnny, le dépanneur du coin, des mots-mystères qu'il récupérait entre deux pages du *Journal de Montréal* en achetant un paquet de cigarettes menthol que plus tard ma mère fumerait. On a fini par comprendre qu'il était chauffeur pour des entreprises clandestines, trafic de drogues douces ou de marchandises volées de part et d'autre de la frontière.

On était en 1968, cinq cent mille soldats américains étaient enlisés au Vietnam, c'était la grève à NYU, Martin Luther King se faisait assassiner. À l'époque, il n'y avait rien d'extraordinaire à se retrouver fille-mère, mais dans la tête de ma grand-mère qui chérissait un bon standing social, il s'agissait d'une catastrophe nationale, aussi grave que le serait bientôt l'arrivée du Parti québécois au pouvoir. On le savait : tous les pères ou presque étaient absents, voyageurs de commerce, perdus au fond des champs ou dans les rues d'une grande ville, emportés par le brouillard de l'alcool ou les bras d'une maîtresse qui fumait des petits cigares et buvait du whisky après avoir fait l'amour en jarretelles de dentelle noire. Mais ma grand-mère, furieuse, levait les bras au ciel et demandait ce qu'elle avait fait pour qu'une plaie pareille lui tombe dessus, on aurait dit la peste ou une invasion de sauterelles comme la colère de Dieu dans l'Ancien Testament. Il fallait sauver l'honneur de la famille, inventer une histoire pour cacher la banalité des graines mal semées.

Ma grand-mère n'était pas femme à mâcher ses mots, et trente ans plus tard, dans sa bouche, c'était encore frais. Elle racontait froidement, sans honte ni regret, que pour ne pas tomber en dépression elle avait banni sa fille de la maison. Elle l'avait envoyée vivre sa grossesse ailleurs, loin de Montréal et du regard des voisins, comme une Cosette jetée au chemin, n'importe quoi pour cacher la réalité. Ma jeune mère a roulé sa bosse jusqu'à Québec. Un soir, des copains lui ont interdit de les accompagner au cinéma. Ils allaient voir *Rosemary's Baby*, ce n'était pas nécessaire de penser au démon, un bâtard c'était bien assez. Quand est venu pour moi le moment de sortir, devant son corps tordu de douleur, l'infirmière a lancé: « Ce n'est rien, ça, ma fille! Attends! Le pire est à venir! » Au bout du compte, ma mère dormait quand je me suis pointé le bout du nez. Quand on a fait connaissance, ça faisait un moment que j'étais née, j'avais sur elle une longueur d'avance.

À quelques rues de là, l'orphelinat ouvrait grand ses portes aux jeunes filles catastrophées. Ça a été une première migration, une semaine là-bas comme dans une sorte d'hôtel, un intermédiaire entre l'hôpital et le monde ordinaire en attendant que ma mère reprenne en main son destin. En tendant le paquet aux religieuses, elle a sans doute tremblé et imploré qu'on ne se trompe pas, il ne fallait pas donner le bébé, seulement le surveiller en attendant que le père réapparaisse ou que la grand-mère ravale son fiel. C'est la Cadillac familiale qui a fini par arriver, comme dans un *Love Story* où c'est non pas l'amour qui emporte le premier prix mais le sens forcé du devoir, les dents bien serrées. La voiture était noire comme un corbillard. Elle a fait le trajet Québec-Montréal et tout le monde est rentré à la maison. Comme quoi les choses peuvent ne pas changer.

Ma grand-mère refusait d'ouvrir les rideaux du salon par peur du qu'en-dira-t-on. Elle disait non à tout, exigeait une enfant sage. Ma grand-mère était fière, et par fierté, elle était parfaitement capable de méchanceté. Droite, raide, tranchante, un silex, un rocher, elle jurait par ses bagues à diamants, ses tailleurs signés, ses colliers dorés, le bon Dieu et une série de principes qui avaient pour mission de préserver une ligne droite dans ce bas monde que le temps avait perverti. Ma grand-mère était de ces mères qui aiment leurs filles quand elles sont loin d'elles. Elles ne les aiment pas malades ou souffrantes, enceintes ou dans le besoin. Elles les aiment absentes. C'est alors seulement que l'amour pouvait leur donner des ailes. Quand ma mère est revenue, la vie a continué comme avant.

Ma grand-mère portait un univers de secrets qu'il fallait garder à tout prix pour sauver les apparences. On aurait dit qu'elle n'avait pas de passé, que sa vie avait commencé à Old Orchard Beach, le jour où mon grand-père l'avait choisie. On reconstruisait sa vie comme un puzzle, avec des bouts d'information glanés au fil des ans, des petits bouts de ficelle qu'il fallait raccorder. On avait compris que la mère de ma grand-mère avait mis son mari à la porte parce que c'était un ivrogne violent, qu'elle était retournée vivre dans la maison familiale avec son père et sa ribambelle d'enfants. On avait compris qu'après la mort de sa mère, ma grand-mère, ses deux sœurs Jeanne et Réjeanne, et le frère devenu curé étaient partis de leur côté, coupant les ponts avec d'autres frères dont on n'avait jamais entendu parler. La rumeur disait que c'était une histoire d'héritage. On disait qu'il y avait anguille sous roche, des choses arrivées le soir et qu'il ne fallait pas raconter, un père qui boit, une mère frappée, un mariage célébré à la va-vite pour rendre légitimes cinq enfants qui étaient déjà nés depuis longtemps, et au bout du compte un divorce pour mettre fin à un enfer qui avait fini par trop durer.

Quand ma mère a compris qu'une grand-mère n'avait pas à faire l'éducation de sa petite fille, elle a plié bagages et changé de ville. Elle a trouvé un petit logement en haut d'une tour, une chambre à coucher et un divan-lit au salon. Ma mère ne m'aurait peut-être pas gardée si elle avait été mannequin, comédienne ou étudiante en droit, si elle avait eu l'intention d'escalader le Kilimandjaro ou de découvrir un nouveau vaccin. Après ma naissance, elle a pris le téléphone pour annoncer au petit voyou mon arrivée, elle a dit : « Bonjour, ta fille est née. » Il a répondu qu'étrange coïncidence, il pensait justement à elle, profitant de l'occasion pour annoncer qu'il allait bientôt quitter le Nouveau Monde et, si possible, l'univers. On ne l'a plus jamais revu. Silence radio au bout du fil, soldat disparu au combat.

Peut-être que dans les faits, il n'est jamais vraiment parti. Peut-être qu'il a seulement caché ses traces pour refaire tranquillement sa vie, et peut-être plus près qu'on ne le croit, dans la cour des voisins du coin. Ou peut-être qu'il a tout oublié, le passé devenu aussi léger que la fumée du haschich ou les vapeurs d'un bain turc, quelque chose comme le fantôme d'une histoire ancienne qu'il traînerait banalement à l'intérieur de lui comme un petit éclat d'obus.

Le village

Un jour, un autre homme est apparu à l'orée du bois de ma mère, dans une Cortina rouge qui me rappelait les vieilles Rolls-Royce des dessins animés qui font un bruit d'enfer. C'était un prince charmant à la mode du temps, qui portait une moustache et un complet lavande. Ce prince-là, c'était le bon, c'était celui qui allait rester.

Il est venu annuler le mauvais sort qui avait été lancé six ans plus tôt, un vrai baiser d'amour et le lendemain se sont mariés. On a quitté le petit appartement de Rapunzel perché en haut d'une tour. On a laissé derrière nous le royaume urbain pour s'installer là où on disait que l'air était plus frais, la vie meilleure et le bonheur dans les prés. J'ai fait ma valise rose de Cendrillon et dit adieu à la voisine aux longs cheveux blonds. Après quelques heures cahin-caha sur l'autoroute en crachotant une fumée sombre, on s'est retrouvé en plein milieu d'un champ qui s'étendait à perte de vue, plongé dans une lourde odeur de fumier.

Anjou, Ontario. C'était le nom du village, un petit village perdu entre le maïs et la forêt, où on baragouinait des restes de français dans un décor de banlieue. Quelque chose comme une banlieue trop éloignée de la grande ville pour être une vraie banlieue, et trop laide pour être considérée comme un vrai village. C'était un village nouveau, comme on dit des excroissances métropolitaines qu'elles sont des villes nouvelles, un village sans domaines centenaires. C'était un territoire sans lacs et sans rivières, sans arbres. Un univers de tôle rouillée, d'aluminium tordu, de béton fissuré, de *plywood*, de prélart, de polyester et de tapis *shaggy*.

On disait la campagne pour faire court. On disait la campagne pour ne pas dire banal. On disait la campagne pour ne pas dire minable. On disait la campagne pour ne pas dire l'ennui. On disait la campagne pour ne pas dire les pervers et les fous dans les champs le long de l'autoroute. À la fin du mois d'août, on achetait des paniers remplis d'épis de maïs qu'on épluchait dans l'entrée ou sur le comptoir de la cuisine. Il y avait des cheveux partout, jusqu'entre nos orteils. Ma mère mettait un peu de lait dans l'eau de cuisson. Je la regardais, à table, tenir l'épis brûlant du bout des doigts pour le faire tourner dans le beurrier. Ça laissait une trace profonde dans l'épaisseur du gras, une sorte de cerceau, de berceau, comme la mangeoire minuscule que je prenais au creux de ma main quand Noël approchait et que ma mère avait installé la crèche au pied de l'arbre. Le petit Jésus, c'était la pièce de résistance.

Boundary Road. En face du bungalow où on avait emmenagé à l'extrémité du village, il y avait les voisins, la porte d'entrée dans l'enfer de la vie rurale. Ils regardaient les nouvelles du soir en grignotant du pop-corn au beurre cuisiné sur le poêle dans une assiette en métal recouverte d'un papier en aluminium qui formait un ballon avec le gonflement de l'air et l'éclatement des petits boutons. Le jour, ils laissaient traîner le *Allô Police* sur la table de la cuisine, les pages ouvertes sur des photos de victimes, de vêtements égarés, de traces de sang, sur le contour d'un corps dessiné à la craie. Ils relevaient quotidiennement les annonces de filles disparues, « Oyez ! oyez ! encore une autre de perdue », comme s'il s'agissait d'un trophée. On comptait les victimes comme on compte les soldats perdus sur un champ de bataille.

On nageait dans ces histoires, elles nous berçaient, et je me disais qu'un jour l'une de ces filles viendrait cogner à la maison après avoir longtemps couru dehors dans le noir. Elle serait debout derrière la porte de notre bungalow en briques rouges et stucco. Elle n'aurait pas de chaussures à ses pieds, elle ne porterait pas de manteau, elle serait échevelée, son visage couvert de suie comme dans Victor Hugo, abîmée, et elle cognerait à la porte de côté, celle devant laquelle on passe pour aller au sous-sol et qui mène à la voiture stationnée sous l'abri en aluminium. La fille serait gelée, elle aurait les pieds brisés, et on lui ouvrirait la porte pour la réchauffer. Ma mère prendrait le téléphone pour appeler ses parents, « Oui, elle est ici, ne vous inquiétez plus, elle est en sécurité. » En attendant qu'ils viennent la chercher, la petite fille n'aurait plus peur. Elle pourrait partager ma chambre, dormir près de moi sur le plancher, et quand elle irait mieux, on pourrait s'endormir en se traçant des dessins dans le dos du bout des doigts, à toi de deviner, une fleur, un soleil, une maison, le chien du voisin. On serait des jumelles dans des pyjamas pareils. On s'endormirait en se murmurant des secrets.

Je pensais à ça, le soir, après avoir accepté de me coucher, pipi, les dents, bisous aux parents, parfois quelques larmes de culpabilité après une bêtise ou la manifestation d'un caractère trop affirmé, seul le pardon de ma mère pouvait me permettre de vaincre les monstres qui empêchaient le sommeil d'arriver. Parfois aussi, je m'endormais en pensant aux maux de tête lancinants dont ma mère se plaignait, en pleurant à l'idée qu'elle avait sûrement le cancer. Je ne sais pas ce qui me faisait le plus peur, sa mort ou que ma vie continue sans elle. Peut-être que ce n'était ni l'un ni l'autre, quelque chose comme l'impossibilité de prendre sur moi sa douleur, l'évidence que nous étions véritablement séparées.

Dans la vie, il y avait les petites filles disparues, le cancer, et les champignons atomiques qui naissaient doucement puis mangeaient tout l'écran du téléviseur. À l'école, dans la cour, à portée d'oreille des surveillantes de la récréation, une petite fille m'avait dit que si une bombe atomique venait à nous tomber sur la tête, comme le prédisait le monsieur des nouvelles, au lieu de fuir en direction opposée, elle allait courir vers son centre pour être instantanément pulvérisée. Elle insistait là-dessus. Elle s'appelait Paula parce que son père s'appelait Paul et qu'à la fin on avait ajouté un A. Elle me le répétait souvent, presque tous les jours dans la cour d'école, et je ne comprenais pas pourquoi elle préférait courir vers la fin au lieu de la laisser venir à elle puisque de toute façon on n'y échapperait pas. Le téléphone rouge, c'était la couleur d'une guerre froide de tous les jours. Elle disait : « Je préfère mourir d'un coup plutôt qu'à petit feu bouillie dans une casserole Monsieur le loup », et au moment de me coucher, je voyais sans arrêt les images défiler dans ma tête.

Elvis Presley venait de mourir en gros plans dans les pages de journaux à potins. C'était la canicule, le fin fond de l'été. Les photos de l'autopsie montraient des poumons noirs troués, enfumés, comme des morceaux de foie de veau pourri exposés à côté d'un cœur trop mauve, trop gros. Les voisins répétaient: « C'est un scandale », en secouant la tête sans arrêt comme des fous, leurs sept filles penchées avec eux au-dessus des journaux, quelques larmes versées en chœur pour le King faute de pouvoir partir illico pour Graceland.

Elvis était blanc et gros et mou. Sur sa table de nuit, on avait trouvé des flacons remplis d'une jolie collection de médicaments en technicolor. À moi, on disait: « Regarde », et je ne savais pas bien ce que je devais voir. Le journal disait que ce n'était pas lui, qu'Elvis n'était pas mort, il avait rencontré Nixon et on l'avait fait disparaître par l'entremise du programme pour la protection des témoins. Une statue de cire avait été placée dans son cercueil avec un ventilateur pour ne pas qu'elle fonde, ça pesait presque une tonne. On disait que malgré tout, malgré l'alcool, la viande, la médication, Elvis ne pouvait pas peser aussi lourd. On se mettait à chercher une autre preuve et on la trouvait dans son second prénom, Aaron, inscrit par son père sur la pierre tombale et pourtant mal épelé. Le signe que le père savait que le fils qu'on enterrait n'était pas le bon.

Finalement, avec un dernier soupir, on apprenait que le livre qu'Elvis lisait sur la cuvette des toilettes, quelques fractions de seconde avant sa mort, était en fait toujours chez l'imprimeur au moment du décès. Un livre sur le suaire de Turin. C'était bien la preuve qu'Elvis, comme Jésus, n'était pas mort. Sur la même page, une publicité de mauvaise qualité encourageait l'achat de portraits autographiés par nos vedettes préférées, quelque chose comme quand ma mère achetait, vingt-cinq cents la tête, des petits Chinois à l'école. Là, contre cinq dollars, on pouvait recevoir une image unique, impartageable, signée de la main même de la vedette, en direct d'Hollywood.

La dernière née des voisins, Manon-juste-Manon, avait choisi la tête d'Elvis et son nom fraîchement signé comme par miracle par-delà la tombe. Son choix lui avait attiré félicitations et caresses, comme sur la tête d'un chien qui a bien rapporté. Moi, ce que je voulais plus que tout, c'était la poigne de fer de la femme bionique, l'idole des vendredis soirs à la télé, sa beauté ordinaire et sa force surhumaine, bien avant ses annonces de matelas Select Comfort en fin de carrière. Jaimie Sommers était belle, forte et intelligente. Elle était grande et mince et n'avait pas de poitrine. C'était une véritable héroïne.

Tous les parents ont donné leur accord, même ma mère qui se moquait clairement, « Pfff pfff, c'est un attrape-nigaud cette histoire ». Mais j'avais tant insisté qu'elle avait cédé, et quelques semaines plus tard deux polaroids arrivaient, ils avaient été envoyés d'une adresse bien plus au nord que celle à laquelle on s'attendait. Ça venait de la ville la plus grande des alentours, loin des flashs et des paillettes d'Hollywood. Le paradis dont on rêvait toutes les nuits. L'objectif de la caméra avait été placé tout près de l'écran d'un téléviseur en noir et blanc et clic, on s'était fait avoir.

À la vue des photos, ma mère a eu ce sourire en coin qui en disait trop long. Je lui en voulais de ne pas avoir chéri l'espoir et d'avoir eu raison. Je lui en voulais de ne pas avoir eu la foi, comme je lui en voulais, le dimanche, de me laisser aller à l'église en solitaire pour ne pas avoir honte quand lundi matin arriverait et que la maîtresse demanderait : « Qui n'est pas allé à l'église hier ? »

Tous les matins, je me rendais chez les voisins avant de partir pour l'école. J'y retournais avec le soleil qui tombait, pour attendre sagement le retour de mes parents. Les voisins vivaient dans un superbe *split-level*, immense garage accessible directement de la cuisine, salles de bain complètes, chambres à coucher douillettes, salon, cuisine, salle à manger avec lustre de faux cristal suspendu au-dessus de la table en faux bois foncé, sous-sol fini en contre-plaqué, et au fond du jardin, après les légumes, les chèvres, les poules et la niche du chien, un cabanon grand comme la maison des sept nains. Encore plus loin, derrière, il y avait la forêt qui s'étendait, et avec elle des pistes de lièvres et de motoneige sous les sapins.

On faisait le chemin vers l'école à la queue leu leu. On s'arrêtait à la voie ferrée, prisonnières du passage à niveau parce qu'un train de marchandises qui avait décidé de s'arrêter bloquait le passage et risquait de nous mettre en retard à la partie de billes ou de ballon-chasseur. Les filles des voisins étaient des habituées, elles se glissaient comme des anguilles sous le wagon pour pouvoir continuer leur chemin. Moi, craintive, j'attendais qu'il redémarre de peur qu'une roue ne vienne à m'écraser, traînant mon corps jusque dans un autre village, coupé, tranché, aplati comme les sous noirs qu'on déposait sur la voie ferrée pour que les roues du train effacent le visage de la Reine. J'entendais la voix de ma mère, son doigt pointé vers mon nez, m'interdisant de les imiter. J'avais encore plus peur de lui désobéir que de me donner en pâture au mépris, aux sarcasmes et aux moqueries impitoyables des filles des voisins. Pour elles, je serais toujours d'ailleurs. Je n'étais pas née ici, elles m'avaient vue arriver de loin sans que je n'aie été invitée et c'était déjà trop tard, je ne ferais jamais partie du clan. Les filles me laissaient derrière et partaient de leur côté. Une fois le train passé et la voie libérée, je marchais loin derrière sans essayer de les rattraper.

La route traversait le village de long en large depuis notre maison, qui était la dernière, jusqu'à la première qui avait été convertie en Caisse populaire. Entre ces deux extrémités, à l'exclusion des deux cents maisons qui ponctuaient le territoire comme des points d'exclamation, il y avait l'école primaire, l'église au grand clocher, la pataterie Chez Bouboule, le dépanneur qui vendait des cartes de Guy Lafleur, et la salle communautaire où les Chevaliers de Colomb et le Cercle des fermières organisaient des levées de fond.

Les autos roulaient vite à côté de moi. Je marchais dans le gravier en traçant des cercles avec mes pieds. Le soleil devenait stroboscopique en frappant les grands ormes plantés au bord de la route. Quand ils en avaient l'occasion, les villageois racontaient pour la millième fois l'histoire des jumelles Beauregard qui étaient mortes l'une après l'autre, à une semaine d'intervalle, à la même heure du jour, en conduisant sur cette route. Elles avaient été frappées, tour à tour, par les rayons du soleil qui, en clignotant, avaient provoqué chez l'une puis chez l'autre une crise d'épilepsie, perte de contrôle du véhicule, voiture tordue autour d'un poteau électrique, mort instantanée.

De la route un peu surélevée, je voyais bientôt apparaître la cour de l'école. L'hiver, une grande patinoire y était installée où les filles flirtaient avec des joueurs de hockey jusqu'à avoir les pieds congelés. Quand le beau temps revenait, on jouait aux billes et au ballon-chasseur, ou on s'amusait à lancer une balle bleu blanc rouge contre le mur, tourner deux fois, taper des mains cinq fois, sauter sur place avant de la rattraper. Parfois, le samedi ou le dimanche, quand je m'ennuyais ferme, je traversais le village pour aller jouer dans la cour de l'école. Il n'y avait personne autour sauf, parfois, l'ancien curé qui, faute de mieux, faisait maintenant office de directeur, et surgissait de nulle part habillé en noir avec une croix en or pendue autour du cou. Il avait oublié quelque chose, une liste, un livre, un dossier, son vieux martinet en cuir brun qu'il laissait pendre à un clou dans son bureau, bien en évidence à l'entrée. Quand l'envie lui en prenait, il le décrochait, et sans cesser de parler à l'enfant devant lui, il le manipulait nonchalamment comme un chevalier son épée.

Les vieux du village l'appelaient « Mon Père » en baissant sagement la tête. J'essayais le plus possible de ne pas me trouver sur son chemin.

Mon village était un village où on était fier de dire que tout le monde connaissait tout le monde. C'était un village comme tous les villages, comme tous les quartiers où vivent des gens qui se surveillent et disent s'aimer. C'était comme ça, et parfois c'était pire. Il fallait travailler fort pour protéger un secret. Il fallait être adroit, mesquin, il y avait de quoi s'occuper. C'était quelque chose comme échafauder tranquillement une trame de roman policier, et après, pendant des semaines, on s'en nourrissait.

C'était le genre de village qu'il valait mieux oublier, mais même quand on essayait, on restait hanté par le stand à hot-dogs de la rue principale et la piscine du terrain de camping planté près de la sortie de l'autoroute et que les villageois envahissaient dès les premiers jours de juillet. Les familles quittaient le quadrilatère central du village pour s'installer, un kilomètre plus loin, à l'intérieur du camp Kittawa, collées les unes contre les autres dans des tentes ou des roulottes pour y passer les semaines de vacances et bien sûr toutes les fins de semaine, du vendredi soir au dimanche.

Le camping s'étendait en bordure de la forêt Larose. Les riches se payaient des terrains près de la piscine et de la route, les pauvres plantaient leurs tentes au creux de la forêt, dans les nids d'épines laissées par les grands pins. Ça sentait l'humus et la fougère. Mais après la pluie, quand le soleil faisait fumer le sol, une vague odeur d'excréments flottait dans l'air avec en dessous celle du chlore de la piscine, et le vinaigre des petits sacs de chips Yum-Yum vendus à l'entrée, dans la guérite, avec les forfaits tente-voiture-barbecue et la Hubba Bubba à grosses ballounes qui ne collent pas. Quand la chance nous souriait, le sac de chips contenait un coupon qui donnait droit à un deuxième sac gratuit qui lui aussi contenait un coupon qui donnait droit à un autre sac gratuit et ainsi de suite jusqu'à ce que le ventre gonfle et que le soleil tombe. Les chips étaient minces et fines et grasses. Sous un petit coup de dents, elles s'effritaient dans la bouche. Le vinaigre piquait la langue et faisait pétiller l'intérieur des joues.

Au fil des jours d'été et des traitements au chlore, la peau du nez tombait en lambeaux, vieille peau usée et arrachée sous laquelle apparaissait le rose pâle de la chair tendre. On oubliait la crème solaire et le chapeau. Pour la durée de l'été, les enfants se transformaient en crustacés plongés pattes battantes dans l'eau bouillante. Taché, mon visage avait l'allure des vieilles voitures aux portes trouées par la rouille.

Entre leurs stages au camping local, les villageois s'occupaient religieusement de leurs petits élevages. C'était une obligation, la façon de signer son appartenance campagnarde comme on se rassure sur son identité en lisant l'horoscope à la fin du journal. Nous, notre signe, c'était celui du lapin. On en avait trouvé deux chez un fermier du coin, ils broutaient paisiblement dans le jardin. On les avait adoptés par souci de communauté. La femelle était de poil blanc avec des taches noires, le mâle noir avec des taches blanches. Il partageait la moustache de Hitler et de Charlie Chaplin. On ne connaissait rien aux bêtes, mais on était prêt à suivre tous les conseils.

On avait installé les lapins dans la cour, derrière le bungalow. Des cages était appuyées contre le mur sous la fenêtre de ma chambre. La nuit, je pouvais entendre les secousses du métal. Peu de temps après, des petits naissaient, qu'on soignait quand ils étaient malades, qu'on caressait parce que c'était comme du duvet, qu'on laissait courir dans l'herbe en espérant que comme des chiens ils reviendraient vers nous au moindre claquement de doigts ou sauraient nous retrouver si on disparaissait dans une tempête de neige et qu'on était en train de mourir de froid. Ils ont vécu là pendant quelques temps, assez longtemps pour remplir une cage, deux cages, trois cages, six cages, puis pour entendre mes parents soupirer que les lapins commençaient à nous sortir par les oreilles, il faudrait bientôt trouver une solution, à quoi avions-nous donc pensé ?

J'avais tout entendu mais je n'avais rien compris, ni l'allusion à l'ami du voisin, un expert en la matière, ni le commentaire de ma mère qui avait parlé de poulets. Un matin, je suis allée nourrir les bêtes comme je le faisais tous les matins, « Tu dois faire ta part, c'est ça ton petit boulot ». Je me suis retrouvée devant des cages vides, toutes sauf une, celle du centre où se détachait du fond un tas de chair rouge, informe, sanguinolente, une sorte de pâte à modeler gluante où se détaillaient les fentes délicates de petits visages fermés et d'oreilles avortées. J'ai écarquillé les yeux, je les ai fermés, puis je les ai ouverts, puis je les ai frottés pour être certaine d'avoir bien vu ce qui était devant moi, une pile de lapereaux morts, minuscules, tassés les uns contre les autres, de tout petits bébés crevés. De la ribambelle de corps, les plus vieux avaient été pris pour en faire du pâté, et dans le branle-bas de combat, des tout nouveaux-nés avaient été oubliés, au moment d'être prise au collet une des jeunes lapines avait accouché, de peur. C'est ce que, plus tard, on m'a expliqué comme si de rien n'était, on accouche aussi de terreur et alors mère et enfants tout le monde passe à la casserole, la vie n'en a plus rien à faire.

Ou alors, ça avait déjà été fait, les bébés étaient déjà là, mais comme les crimes sont commis dans le noir, on n'avait pas pensé, avant de prendre la mère, à vérifier s'il y aurait des petits laissés derrière. Ou on le savait, mais on s'en balançait. Je suis restée figée devant le clapier comme, dans les dessins animés du samedi matin, les bonshommes aux paupières maintenues grandes ouvertes par des cure-dents. J'ai couru à l'intérieur pour téléphoner à ma mère. Mais entre la vie au village et le travail à la grande ville, il y avait quelque chose comme un décalage horaire et je n'ai pas pu lui parler.

Je n'ai jamais su si les lapereaux étaient nés pour mourir peu de temps après, ou si tout leur était arrivé en même temps, la lumière et l'obscurité. Entre mon corps et ceux des petits morts, ce n'était pas un grillage mais un miroir qu'il y avait, comme chez la coiffeuse ou à la taverne, sur le mur du fond, derrière le bar. C'était un fouillis d'organes, l'intérieur et l'extérieur en même temps, le rose tendre des gencives ou d'un sexe de petite fille quand on le déplie comme un livre. Recroquevillés sur eux-mêmes, on aurait dit des escargots, un bout d'intestin, un cou de tortue.

On n'a pas dit ce qu'on avait fait des nouveau-nés pour s'en débarrasser, où on les avait mis, dans la grande poubelle en plastique vert où on entassait les feuilles mortes et les déchets, ou dans le sac blanc de la cuisine sous l'évier.

Les voisins d'en face traînaient des pattes de lapin blanches ou brunes ou grises, toutes douces, accrochées à leur veste de jeans ou leur porte-clés. On disait qu'une patte morte de lapin mort était un porte-bonheur. Le poil de lapin était de la ouate, du coton, et il était à la mode. On en couvrait les porte-monnaie, les sacs à main, les petits manteaux sexy portés avec des jeans si moulants qu'il fallait monter la fermeture éclair avec l'aide d'un cintre en rentrant son ventre jusqu'à ce qu'il s'efface complètement contre la colonne vertébrale. On en faisait des grelots pour décorer les bottes d'hiver.

Il faisait noir, il neigeait fort, la Cortina rouge était gelée et elle protestait de devoir se mettre à rouler par un temps pareil. La messe de minuit était sacrée. Ne pas y aller, c'était faire un pied de nez à tout le village. Sur les marches de l'église, après la cérémonie, les paroissiens se serraient la main en riant, heureux de savoir qu'ils seraient libérés sous peu pour l'ivresse annuelle consacrée par le bon Dieu. Les enfants impatients tiraient sur les vêtements des parents, il y avait les beaux paquets, le beau papier brillant qui attendait sous le sapin frais coupé du matin, la forêt Larose en fournissait les plus beaux éléments. Les femmes comparaient entre elles le menu du réveillon, le coût des achats, le rôti de bœuf en solde ou le jambon, et le prix toujours trop élevé de la bûche de Noël. Les hommes fumaient une dernière cigarette en s'encourageant à coups de tapes dans le dos, le whisky circulait entre les mains comme une gorgée de courage. Puis, une à une, les familles reprenaient leur chemin. En file indienne, les voitures quittaient le centre du village en direction des points cardinaux dans un jeu de phares festif qui avait de quoi rendre bien fier le bon Dieu. Vu du ciel, on aurait dit une étoile.

Parce qu'on était les étrangers du coin, les voisins s'imaginaient que les invités qu'on recevait à l'occasion du réveillon venaient de bien loin, de l'autre bout de la 417, et plus loin encore, plus loin que la durée de la cassette de Joe Dassin écoutée des deux côtés, plus loin vers l'océan peut-être mais on ne savait pas très bien. On disait qu'ils venaient du vieux monde, que c'étaient des riches, des snobs, ceux qui tournaient la langue dans leur bouche avant de parler et on ne comprenait pas tout à fait les mots qui en sortaient.

Une fois, pendant les vacances de Noël, les voisins sont partis seuls une fin de semaine à New York. C'était le voyage de leur vie, une seconde lune de miel croquée dans la pomme américaine. Ils sont partis en amoureux, un rôle qu'ils avaient appris à l'aide d'un document épais fourni par le curé. Quand ils sont revenus, fiers de leur aventure, ils ont collé un décalque sur leur pare-brise : *WWME.* Ils venaient de suivre la formation du World Wide Marriage Encounter. Bientôt, on pourrait les voir en promenade main dans la main jusqu'au centre du village, puis demi-tour vers la maison, courte pause devant le presbytère, baiser avec la langue et gros câlin. Ils allaient devenir les têtes d'affiche locales de la bonne entente conjugale.

Au fil des années, depuis leur mariage à l'âge de dix-huit ans, ils avaient rempli leur maison de sept filles, suivant les recommandations du curé de la paroisse qui considérait qu'il fallait laisser faire la bonté divine et la position du missionnaire, ou mettre entre ses genoux une aspirine. Elles étaient nées Nathalie, Josée, Isabelle, Carole, Chantal, Lyne jusqu'à Manon-juste-Manon, la petite dernière dont on n'avait pas espéré qu'elle survivrait parce que Mom était déjà trop vieille la veille de sa conception. Lui, il était entrepreneur en construction, et on l'appelait Daddy. Quand il rentrait d'un chantier, il s'installait au bout de la table, vidait son assiette d'un trait sans dire un mot, et partait s'installer devant le téléviseur, en disant : « J'ai besoin de relaxer. » Autour, les filles devaient rester calmes, se répandre à l'extérieur de la maison, courir avec les nains de jardin, fumer du foin, faire des sandwichs aux crottes de lapins.

Quand les filles étaient à l'école, Mom profitait du calme de l'après-midi pour s'allonger au salon sur le divan ocre couvert d'immenses fleurs brunes et violettes, posé sur des pieds sculptés en pattes de lion. Au-dessus d'elle, accroché au mur, un portrait d'Elvis peint sur velours noir quand il était jeune et beau, encadré d'une fausse dorure baroque. Protégée par le roi du rock and roll, elle s'allongeait avec des photos-romans qu'elle lisait en buvant des litres de Cool-Aid ou de *rhum and coke*. C'était son jardin secret.

Quelques heures plus tard, on la trouverait affairée dans la cuisine à remplir des tartes de garniture aux cerises au goût de *jelly beans*. Elle ferait des pets de sœur avec les restes de pâte, et préparerait le repas du soir, gésiers de poulets et *tamploune*s gluantes dans du *gravy* épais. Le midi, elle avait servi du macaroni Kraft orange fluo avec du concombre pelé coupé en rondelles de hockey et couronné d'une cuillère de Cheez Whiz. En fin de journée, quand sa fille aînée rentrait de l'école, elle crevait les boutons qui avaient surgi sur son front. Elle travaillait avec précision en sortant le bout de sa langue, comme quand elle cousait les costumes de l'Halloween et les robes en satin pour les bals de finissants. Tout le village s'exclamait devant ses ouvrages, on disait des doigts de fée, on aurait pu dire aussi des doigts maigres et crochus comme les serres d'un vautour ou ceux des vieilles sorcières qui engraissent les enfants avant de les dévorer.

Manon-juste-Manon avait mon âge et des yeux sombres, des petits cheveux noirs qui tombaient raides sur son front. On aurait dit qu'elle venait d'un pays du nord, d'une réserve innue. Si sa mère n'avait pas été celle qu'elle était, bien ronde et bien pieuse, on aurait pensé que Manon-juste-Manon était une pièce rapportée, la fille du livreur de journaux qui passait déposer *Le Droit* tous les après-midi parce qu'il était incapable de se lever plus tôt. Manon-juste-Manon ne ressemblait à personne, et on disait : « C'est pas une fille, c'est un garçon. »

L'été, elle venait cogner à la porte de côté, à l'heure où on mangeait, pour me demander d'aller cueillir des fraises avec elle dans le champ d'en face. Ma mère lui disait en soupirant que je devais d'abord terminer mon repas, alors elle s'installait pour attendre sur les marches de l'escalier, en jetant des regards furtifs vers la salle à manger, curieuse de voir ce que nos assiettes contenaient. L'hiver, on patinait ensemble sur l'eau qui avait gelé dans le fossé le long de Boundary Road, avec un bout de bois comme bâton de hockey. Quand il ne faisait pas trop froid, on dessinait des châteaux en piétinant la neige à petits pas. On échafaudait des cloisons, on construisait des meubles, on improvisait des histoires, on oubliait qu'on était des filles, Manon-juste-Manon devenait le père de famille.

La lune était grosse. Elle brillait fort dans le ciel au-dessus de nos têtes, bleu marine comme j'imaginais les profondeurs de la mer. L'air était pur. On s'allongeait dans la neige pour imiter le sommeil, et on y restait jusqu'à ce que le froid fasse venir les fourmis dans les mains et les pieds. Le soir avançait de plus belle dans le noir et bientôt on entendait une voix crier qu'il était temps de rentrer, et on se relevait lentement du sol en s'appuyant l'une sur l'autre. On sortait de la neige comme d'un bain trop chaud, étourdies, ralenties, presque paralysées.

Un matin d'automne, avant de partir pour l'école, Manon-juste-Manon est rentrée dans la cuisine avec un petit chat dans les mains. Le chaton était raide mort, ses quatre pattes étendues droit devant lui. Ses yeux jaunes étaient grand ouverts. Sa mère lui a jeté un coup d'œil rapide et sans interrompre sa fabrication de pouding Jell-O pour le midi, elle a dit : « Il est mort ! Sors-ça tout de suite d'ici ! » Manon-juste-

Manon a répliqué « Non, il est juste gelé, je vais le réchauffer. » Elle est partie dans sa chambre et est revenue avec le chaton dans ses bras, enveloppé dans une couverture de poupée. Elle le serrait fort contre son ventre. Ses sœurs, attirées par le brouhaha, étaient venues voir un instant avant de vite repartir enduire leurs cils de mascara pendant que la mère marmonnait sans arrêt « Une chance que ton père est pas là. » J'étais restée près d'elle, le cœur battant, peut-être que c'était le petit Jésus qui allait revenir dans une neuvième vie de chat.

Au bout d'un quart d'heure, une patte s'est mise à bouger, puis une autre, puis une autre, puis les yeux jaunes se sont allumés et Manon-juste-Manon a poussé un grand cri. « Regarde, Mom, il est vivant ! » La mère, occupée à couper la croûte des sandwichs au Paris Pâté, s'est tournée vers sa fille, a regardé rapidement, a quitté la scène pour finir de couper, puis y est revenue un sourcil surélevé. C'était un mystère, on ne savait pas dire si c'était du diable ou du bon Dieu, mais le chaton était revenu à la vie. Manon-juste-Manon avait eu raison, sans doute qu'elle avait un don, Mom allait en glisser un mot au curé.

Mom a répété : « Sors-le de la cuisine, tu peux le laisser dans le garage mais pas dans le salon. » J'ai suivi Manon-juste-Manon dans sa chambre où elle m'a demandé de prendre le petit lit pour les poupées avec le matelas rose et blanc, on allait l'installer dans le garage, une pouponnière pour chat ressuscité. On ne savait pas ni l'une ni l'autre si c'était un chaton garçon ou un chaton fille, par où regarder. Manon-juste-Manon a dit : « On va dire que c'est une fille et on va l'appeler Barbie. » J'ai dit « Ok » parce qu'il ne fallait pas discuter, parce qu'avec moi c'était elle qui décidait tout, surtout depuis que ses parents étaient allés au WWME et que les filles plus jeunes étaient allées dormir chez leur oncle éleveur de vaches et de cochons. Manon-juste-Manon n'avait rien dit, elle avait cueilli les œufs tièdes à la sortie du cul des poules, et bu des litres de lait trop gras, trop frais. Maintenant, quand sa mère mettait la pinte sur la table devant elle, Manon-juste-Manon ne disait rien mais son visage devenait plus blanc que le lait, ses yeux encore plus sombres, c'est tout son corps qui reculait. Elle baissait la tête, ne me regardait pas, et je faisais pareil, comme à la messe, comme une prière.

Le chaton est resté dans le garage toute la journée. Quand on est rentré de l'école, il n'était plus là. Manon-juste-Manon a couru dans la cuisine en criant : « Mom, elle est où Barbie ? » Je ne sais pas ce que Mom a répondu. D'où j'étais, il n'y avait pas de mots dans les cris. Daddy était rentré du chantier. Il était assis devant le téléviseur. Il y avait une drôle d'odeur dans la maison, quelque chose de mouillé, de sale et d'un peu sucré. Ce soir-là, Manon-juste-Manon n'est pas revenue jouer. Je suis restée dans les marches entre le garage et la salle familiale. Quand mes parents sont arrivés, j'ai vite traversé la rue et je suis rentrée.

Si Manon-juste-Manon en avait assez de moi, elle me criait un chapelet de bêtises, n'importe quoi pourvu que la flèche arrive pile au cœur de la pomme en équilibre. Fière de son coup, elle faisait le chemin vers chez elle comme libérée d'un poids, quelques pas de danse, les ailes d'un ange, et les pieds qui frappent dans la nouvelle asphalte. Le voisinage, c'était ça. Le lendemain, elle revenait comme s'il ne s'était rien passé.

Un samedi, vers la fin de l'après-midi, on a croisé le garçon qui vivait au coin de la rue, tout près de la voie ferrée. Quand on s'ennuyait à mort, c'est avec lui qu'on finissait par jouer. Il habitait seul avec sa mère, une ancienne fille légère, dans une maison où pendait du plafond un immense chandelier. Parfois, un bout tombait, une longue larme de verre poli, et je la ramassais en cachette pour l'offrir à ma mère. Je lui disais: « Regarde le beau diamant! C'est pour toi que je l'ai trouvé! » Elle faisait une sorte de grimace et répondait : « Ce n'est pas un trésor, c'est juste bon pour la poubelle. »

Le garçon était très sale et il s'appelait Marcel. Il était un peu absent, comme ralenti au monde. Il avait les cheveux aux épaules, toujours emmêlés en nœuds de pêcheurs, cocons de chenilles et toiles d'araignées. Il passait ses journées dans la boutique de sa mère, installée dans leur sous-sol depuis la fin de sa première carrière. Une affiche était plantée en permanence dans la cour devant la maison, *Cœur de femme. Lingerie et laine.* Cette fois-là, Manon-juste-Manon avait vu Marcel jouer au loin avec un chien, elle m'avait dit : « Viens, on va aller voir le cave, il est avec le chien. » Je l'avais suivie en silence. On était arrivé par derrière pour le surprendre. On avait longé la haie de cèdre qui séparait la maison de celle du voisin propriétaire du chien, un berger allemand très méchant mis au ban de la civilisation par une affiche sur laquelle on pouvait lire *Cave Canem.* Ça voulait dire « Chien cave », nous on savait lire.

Quand il nous avait vues surgir, Marcel n'avait rien dit, il avait continué à brandir un bâton au-dessus de sa tête pour faire sauter le chien qui lui montrait ses crocs dégoulinants de rage. Manon-juste-Manon a demandé : « Qu'est-ce que tu fais ? » Marcel n'a rien répondu. « Veux-tu jouer avec nous ? » Marcel le cave a regardé Manon-juste-Manon, il a lancé le bâton de l'autre côté de la haie devant le regard abasourdi du chien, puis il a dit: «Ok». Pendant un moment, personne n'a bougé. On ne savait pas vraiment ce qu'on voulait faire. Puis, Manon-juste-Manon a guidé le chemin. On l'a suivie vers la cabane en bois au fond de la cour de Marcel, une espèce de vieux cabanon délabré où il restait quelques pelles et des râteaux rouillés. Là, faute d'avoir eu d'autres bonnes idées, on a joué à descendre nos culottes. Manon-juste-Manon a regardé Marcel et a dit: «Toi en premier». Il n'a pas trop hésité, a glissé ses pouces sous l'élastique de ses shorts, et il a tiré. Il n'avait pas de sous-vêtement, juste une sorte de crevette ratatinée. Il attendait, comme ça, les culottes baissées, et nous aussi on attendait que quelque chose se passe, comme si d'un coup le monde pouvait changer.

Le visage de Manon-juste-Manon est devenu tout plat. Puis, elle a levé les yeux au ciel, et avec un air de caporal prêt pour la guerre, elle a proféré son jugement dernier: «C'est niaiseux ce jeu-là.» Elle m'a fait signe de la main pour que je la suive et on est parti en courant. On a planté le cave là où il était et on a replongé dans le champ de fraises pour essayer de trouver la couleuvre brune qu'on avait surnommée Claudette. Manon-juste-Manon a dit: «Là, si on la trouve, ça va être intéressant.»

Pour mes huit ans, on m'a cuisiné un gâteau au chocolat en forme de chat. On a soufflé des bougies, chanté une chanson, et après la célébration, on a dit que j'avais atteint l'âge de raison comme les enfants en Chine qu'on fait travailler en usine. Je rentrais de l'école la corde au cou avec une clé au bout. L'hiver, il faisait déjà noir. Pendant que mes parents étaient sur le chemin du retour, je restais dans l'obscurité du salon. Après avoir fait la vaisselle du matin, j'allumais le poste de télé pour qu'il y ait une présence dans la maison, et je faisais apparaître les Charlie's Angels, ces beautés célestes.

Un soir, il n'était pas tard, la clochette de la porte de côté a sonné. C'était après l'école, le soleil était couché, le monsieur portait un habit de pompier. Il ne faisait pas partie de l'équipe des bénévoles du village — je les avais vus dans ma classe quand on avait fait le thème des métiers. Il a dit: «Je suis inspecteur», en pointant le badge et les gallons sur sa poitrine. Il a dit qu'il venait du village d'à côté, celui du restaurant où on servait de la pizza et des rouleaux chinois couverts d'une sauce collante brune qu'on disait être aux prunes.

Il voulait savoir si mes parents étaient à la maison, il voulait leur parler. J'avais regardé entre les trous de la dentelle, j'avais demandé « Qui est là ? » comme dans les trois petits cochons. Je ne savais pas si je devais lui ouvrir. Je me disais que c'était un adulte, après tout, qui plus est un homme avec une broche qui brille et un uniforme. Je ne sais plus à quel moment il a décidé de partir, après combien de temps, de quelle couleur était le ciel. Je ne sais pas ce qu'il m'a dit. Peut-être qu'il a vérifié les détecteurs d'incendie, il y en avait un dans la cage d'escalier, un autre à l'entrée du salon : « Il faut s'assurer de changer les piles. » Je me souviens seulement qu'il parlait sans arrêt pendant que je sautais sur une jambe et sur l'autre pour attraper la télévision du coin de l'œil et la belle Farrah Fawcett qui combattait les méchants en faisant danser ses longues boucles que toutes les filles tentaient d'imiter avec leur fer à friser. Ce soir-là, Farrah Fawcett était en charge de retrouver une reine de beauté. Dans son haut-parleur, la voix grave de Charlie disait : « Il faut se dépêcher avant qu'il ne soit trop tard. » À la fin de l'épisode, d'un grand coup de pied, les anges faisaient tomber la porte d'une chambre de motel derrière laquelle se trouvait la fille, assise sur le lit dans sa robe de bal, fraîche comme une rose, tout allait bien, rien ne lui était arrivé. On la voyait sur la scène, retenant du bout des doigts la couronne qu'on lui avait déposée sur la tête, un immense bouquet de fleurs dans les bras. Elle avait remporté le premier prix pendant qu'applaudissaient, debout dans les coulisses, les anges de Charlie.

Le pompier est parti en laissant derrière lui des dépliants sur la sécurité domestique. Il est parti sans que je ne m'en rende compte. Assise devant la télé, je l'avais oublié.

La nuit est tombée dans la grande fenêtre du salon. J'ai reconnu le profil de la Cortina rouge qui ralentissait en avançant devant la maison. J'ai observé comment elle tournait dans l'entrée. J'ai écouté le bruit des pneus qui crissent sur le gravier et le grognement du moteur qui poussait une dernière plainte après le retrait de la clé. Les portes ont claqué l'une après l'autre dans le châssis d'aluminium. Il y a eu des froissements de sac, des bruits de voix, et mes parents qui montent les marches les bras chargés de provisions pour la semaine avec en prime un seau de poulet frit Kentucky. J'ai tourné le bouton de la télé. Ma mère a déposé les boîtes tachées de graisse sur la table, des fourchettes de plastique et des assiettes. On a attendu que les sacs soient vidés, la nourriture bien rangée, puis on s'est assis autour de la montagne de poulet luisant dans sa robe de friture comme autour d'un feu de camp. On s'est passé la boîte remplie de frites et les contenants de styromousse où s'entassaient salades de chou et de macaronis comme un calumet de la paix. Je n'aimais que la viande pâle, la peau croustillante salée, et les macaronis en coude qui piquaient la langue à cause des petits points verts dans la sauce blanche dont on ne pouvait pas dire s'ils étaient le fait d'une épice exotique ou de produits chimiques.

Ma mère, le visage tiré par la journée et la longue route, on aurait pu penser qu'elle était triste si on n'avait pas su combien elle était fatiguée par tout ce qu'il fallait faire pour être une femme moderne. Une fois, elle avait été clouée trois semaines au lit par une vilaine pneumonie. Je ne sais pas comment on a fait pour survivre. Des années plus tard, la grande opération nous l'a enlevée encore plusieurs jours, des vacances à l'hôpital en échange d'une éviscération. Quand elle est revenue, elle ne pouvait presque plus marcher, elle passait la journée en robe de chambre ou allongée au salon en se tenant le bas du ventre. C'est là que je la trouvais en rentrant de l'école, étendue sur le divan blanc dans le soleil de fin de journée. J'avais grandi, je lui prenais ses bijoux, ses chaussures, ses robes fleuries pour oublier qu'entre nous il y avait aussi de la distance.

La petite fille qui habitait dans la maison plantée tout près de notre bungalow, du même côté de Boundary Road, celle qui était mon autre voisine, s'appelait BB. Elle vivait avec ses parents et son petit frère dans une maison mobile blanche à côté de laquelle il y en avait une deuxième, exactement pareille, où habitaient son oncle et sa tante. Eux, on ne les voyait pas souvent, ils brassaient des affaires à l'étranger, et quand ils revenaient, ce n'était jamais pour longtemps. On disait qu'ils faisaient la navette entre le village et les États-Unis, qu'ils allaient souvent à New York, la ville dont tout le monde au village parlait parce qu'il fallait au moins y aller une fois dans sa vie. On disait qu'ils faisaient du commerce sans jamais dire ce qu'ils vendaient ou achetaient ou revendaient. Je savais seulement que quand ils rentraient, la mère de BB devenait très agitée. Elle qui laissait ses enfants jouer dehors jusque tard le soir sans les faire rentrer pour souper, elle devenait soudainement impatiente de les faire manger. Elle hurlait à mort dans le morceau de champ qui séparait nos maisons : « Mes ostis d'tabarnak de criss venez manger avant que j'vous attrape par le collet pis que j'vous étripe ! »

BB devait son nom à Brigitte Bardot, l'idole de sa mère dont elle avait agrafé d'immenses portraits en pied sur le mur du salon couvert de *plywood*. Elle ne jurait que par sa coiffure choucroute, s'imaginant être le rêve impossible des hommes mariés, un scandale, une sirène, un miracle, un gâteau couvert de crème fouettée. BB était souvent seule. Elle s'occupait de son petit frère en attendant que ses parents rentrent du travail — sa mère était danseuse sexy dans un *truck stop* sur la 417, et son père livreur de papier de toilette. Souvent, elle abandonnait son petit frère dans le grand champ derrière pendant qu'elle roulait en vélo jusqu'à la maison du beau Serge qui l'attendait.

Parfois, le vendredi, les parents venaient plus tôt chercher les enfants à l'école. Ce soir-là, ils sortaient, et pour ne pas avoir à rentrer avant le lendemain après-midi, ils laissaient BB et son frère entre les mains d'une vieille du coin qui gardait les enfants pour arrondir ses fins de mois. Quand ils venaient à l'école récupérer les enfants pour mieux s'en libérer, ils arrivaient dans leurs vestons de satin rouge et noir dignes d'une équipe de bowling ou des choristes de Donny and

Marie. Ils étaient grands et minces et collés l'un sur l'autre, leurs longues jambes emprisonnées dans des jeans serrés, leurs cheveux collants de fixatif. Debout à côté de ses parents, brune, bouclée et boulotte, BB donnait l'impression d'être un accident.

Un après-midi, en sortant de l'école presque en courant parce qu'il fallait profiter de la liberté, BB m'a invitée chez elle en attendant les parents. Son frère creusait des trous dehors devant la maison, des dizaines, des centaines de trous pour attraper des loups ou des serpents. BB lui a lancé que les loups ne se cachent pas dans des trous. Il lui a jeté un regard noir en disant : « Tu comprends rien ! » et elle a répondu : « Pfff, t'es tellement niaiseux », en lui tournant le dos. Le petit frère est resté dehors à creuser et BB m'a prise par la main en ouvrant la porte d'aluminium de la maison mobile.

Elle occupait la chambre du fond avec une fenêtre haut placée et un couvre-lit en chenille rouge. Sur sa table de nuit, il y avait un plat rempli de bouts de réglisse rose et de bonbons. Elle en a pris une poignée avant de s'asseoir en tailleur sur son lit, sa jupe relevée haut sur ses cuisses et sa culotte de coton blanc fleuri. Ma mère disait toujours : « Replace ta jupe sur tes genoux! Tiens-toi comme il faut! Fais attention!» Debout dans l'entrée de la pièce, je regardais BB qui avait commencé à se balancer d'avant en arrière sur son matelas avec un livre entre les mains, un petit livre épais et un peu mou, un livre sans images comme ceux que les adultes lisaient. Elle a dit: «C'est ma tante qui me l'a donné la dernière fois qu'elle était là, tu devrais venir voir, elle dit que pour apprendre tout ce qu'il faut il n'y a que ça.»

Assise sur le lit, elle me tendait le livre. Mon regard s'est fixé sur la femme à la peau très pâle qui occupait le centre de la couverture, lèvres entrouvertes, à demi étendue dans une robe à fourreau rouge vif, bien collée autour de la taille et au profond décolleté. Sa jupe était remontée sur ses jambes comme la jupe sur celles de BB, des cuisses blanches et écartées. Un homme immense était debout derrière elle. On aurait dit qu'au moment où elle allait s'endormir, il l'avait attrapée. C'était un Casanova aux cheveux lustrés et à la poitrine brune bien musclée. Il cachait un sourire moqueur sous sa moustache lisse, tenait fermement les cheveux de la femme dans son poing en tirant sa tête vers l'arrière. Je ne savais pas si elle dormait ou si elle pleurait ou si elle gémissait parce que ça faisait mal. Je ne comprenais pas pourquoi, lui, il riait.

Tout à coup, BB m'a enlevé le livre des mains. Elle l'a ouvert au hasard et s'est mise à lire à haute voix en butant un peu sur les phrases parce que la lecture n'était pas son point fort. En l'écoutant, montaient derrière mes yeux des scènes confuses qui n'avaient rien à voir avec le *Time Life* sur la sexualité que ma mère avait acheté faute de mieux pour ne pas avoir à expliquer sans cesse comment on fait les bébés. BB parlait une autre langue, elle avait une autre voix, comme l'homme qui avait fait un spectacle dans le gymnase de l'école. Il faisait parler sa marionnette sans jamais bouger les lèvres. C'était le père d'une petite fille de ma classe. Pendant tout le spectacle, assise à côté de la maîtresse, elle n'avait pas levé les yeux une fois pour regarder faire son père.

BB s'était déplacée. Elle était maintenant assise au bord du lit, collée contre moi. Elle disait: « C'est ça la vraie vie, avec ça tu peux tout comprendre, c'est cent fois mieux que le cours de biologie! »

Une autre fois, pendant que son frère essayait de creuser des trous dans le prélart de la cuisine et qu'elle en avait assez de l'entendre cogner, BB est venue chez moi manger des biscuits soda. Assise sur le comptoir de la cuisine, elle parlait sans arrêt, une tempête de miettes blanches tombait sur elle. Rien ne pouvait l'arrêter. Les phrases s'enchaînaient, les mots, les histoires, des trucs qu'elle rapportait ou qu'elle avait inventés. BB parlait comme une mitraillette, sa bouche était un dépotoir. Elle y avait logé l'histoire d'une petite fille qui, avec un économe rouillé pris dans un tiroir de la cuisine sans que sa mère ne le sache, avait percé la porte qui fermait le corps des filles. Je ne comprenais rien. C'était un jeu de devinettes comme celui de l'inspecteur en habit de pompier. BB disait le mot *porte* et je pensais « Sésame, ouvre-toi ! » Je voyais l'ensemble de petits couteaux rouges dont ma mère se servait pour nous faire à manger et mes dents se serraient, mon front prenait les plis de l'horreur, ma tête se mettait à tourner. BB continuait à raconter, sans arrêt, les miettes s'accumulaient autour d'elle, je ne disais rien, le beurre d'arachides me collait au palais, bientôt on serait enterrées.

Je ne sais pas si BB disait la vérité ou si c'était une rumeur ou un exemple qu'on lui avait donné de ce qu'il fallait faire dans la vie. Si c'était le lot des petites filles qui grandissent dans des maisons mobiles en bordure d'un champ de foin où les couleuvres glissent sur le ventre sans faire de bruit. En tout cas, ça n'avait rien à voir avec les Jeannettes où ma mère m'emmenait une fois par semaine, au centre communautaire. Toutes les petites filles du village en âge d'y être inscrites l'étaient.

Les rencontres avaient lieu après le repas du soir, congé de bain et de devoirs. J'y retrouvais les filles de ma classe, BB et Manon-juste-Manon, chacune de nous métamorphosée par la jupe à bretelles en polyester et la blouse bleu ciel, visage de sainte au-dessus de la cravate jaune en coton dont on n'arrivait jamais à faire correctement le nœud. À l'arrivée, les responsables du groupe nous faisaient asseoir en rond sur le plancher frais lavé. Le soir de la première rencontre, on avait précieusement déposé entre nos mains un exemplaire du petit livre de la forêt bleue, le précieux carnet de route de la Jeannette avertie, prières, chansons, fables et page blanche où inscrire les félicitations. Des mois plus tard, le mien ne contenait toujours rien. Je me disais que je ne serais jamais sizainière même si je suivais bien tous les sentiers et cueillais doucement mais sûrement les fleurs bleue *propre et active*, blanche *joyeuse qui ne ment pas*, et or *qui ne pense pas qu'à soi*.

Avec la venue du printemps, je me mettais à anticiper avec horreur le séjour au lac Vert en plein été, le sommeil en commun et les douches partagées, les clairières quelque part au milieu de la forêt, les feux de camp où il fallait accepter de se faire dire nos quatre vérités par les responsables qui profitaient de l'occasion pour nous faire pleurer. Le jour, elles marchaient lentement durant la promenade sous le soleil tapant de midi qui donnait mal à la tête, brinquebalantes sur leurs cuisses trouées de cellulite, en tenant fièrement un drapeau au bout de leurs bras pendant qu'on suivait de plus en plus pantelantes. On savait que le soir venu, il n'y aurait pas de guimauves à faire griller sur un bâton dans le feu de camp parce que ça faisait trop engraisser. Au lac Vert, on troquait la jupe à bretelles pour une paire de shorts et un t-shirt d'un bleu équivalent dans la catégorie enfant au noir porté par les religieuses. La cravate était transformée en un carré qu'on pliait en diagonale pour le nouer autour du cou. Je me débattais entre la crainte et l'ennui, le désir d'être seule et la peur de l'isolement. Rentrer à la maison était un soulagement, l'impression, une fois par semaine, d'avoir gagné mon ciel en ayant fait une bonne action, c'est-à-dire rien qui me plaisait.

Les rencontres des Jeannettes commençaient par une ronde au cours de laquelle on se tenait les mains pour réciter une ode à la Sainte Vierge. On nous racontait ensuite la vraie histoire de Jeannette qui faisait vaguement penser à celle de Maria Goretti, morte à onze ans, et à toutes les autres saintes qui étaient devenues des saintes parce qu'elles avaient, Dieu merci, refusé les avances d'un mortel pour se tourner vers le corps du Christ qu'elles avaient gardé en travers de la gorge. Ça ne changeait rien au fait qu'on avait voulu les violer, mais quand elles se faisaient assassiner pour avoir résisté en priant, on disait que c'était admirable, comme le fait de délaisser les jouissances terrestres, le pouvoir et la richesse, pour chercher la récompense des cieux. C'était le cas de sainte Martine, patronne de Rome, orpheline héritière de ses riches parents. Elle avait survécu aux coups de verge, aux crocs, aux ongles de fer, aux tessons de pots cassés, aux couteaux aiguisés, à la graisse bouillante, aux bêtes féroces, et même au bûcher ardent. Devant cet héroïsme, des incrédules s'étaient convertis. Comme les voix entendues par Jeannette, une voix avait appelé sainte Martine au ciel. La terre avait tremblé, le tonnerre avait retenti, et les temples des faux dieux s'étaient écroulés.

Jeannette, c'était Jeanne d'Arc avant les guerres et le bûcher, et c'était l'exemple à suivre. Il y avait les Barbies, et il y avait les filles qui entendaient des voix. Le soir, dans mon lit, sous mon drap, je croisais les mains pour faire un petit effort, parce qu'il faut un peu de volonté pour avoir la foi. Ma grand-mère m'avait offert un chapelet dans une boîte ronde dorée à motifs byzantins. J'aimais faire rouler les billes froides les unes après les autres entre mes doigts, jusqu'au Christ nu et minuscule sur la croix. Je me perdais dans les nombres. J'oubliais la prière que je venais tout juste de faire. Je disais les mots mécaniquement pendant que je m'évadais vers d'autres terres. Puis, je replaçais les billes dans leur boîte en fermant bien le couvercle comme s'il s'agissait du génie dans l'histoire d'Aladin.

Pendant deux ans, dans ce village maudit, ma meilleure amie c'était Valence Berri. À la vie, à la mort, on avait promis de ne jamais s'oublier. Pour moi, un nom comme ça, c'était l'espoir tout craché. Il n'y avait pas d'autres petites filles qui s'appelaient Valence Berri. Son nom à elle venait du cours de géographie et des tableaux de Michel-Ange. Elle était arrivée de la grande ville avec ses parents. Son père était vendeur d'assurances et faisait la tournée des villages du comté. Il était rarement présent, un repas en famille le samedi soir, complet-cravate pour la messe du dimanche. Sa mère, grande, blonde et douce, menait la demeure comme une colonie de vacances. Valence était l'aînée. Après elle, cinq autres corps étaient sortis du ventre.

Peu de temps après mes dix ans, elle m'avait laissé tomber. On avait célébré mon anniversaire en ville, autour des plaques chauffantes d'un restaurant japonais où un chef faisait sauter trop de légumes et des petits bouts de viande dont on distinguait mal ce que c'était. Soudain, devant les parasols de papier, j'étais devenue trop petite pour elle. Comme les fleurs qui perdent leurs pétales, le temps des jeux était terminé. Désormais, tout l'ennuyait, tout sauf le monde des adultes vers lequel le beau Philippe la tirait, alors que moi je la retenais dans celui des poupées et des histoires inventées. Désormais, les yeux de Valence Berri voyaient à travers moi. Ils cherchaient à passer de l'autre côté.

Du jour au lendemain, elle était devenue aussi grande que ma mère. Les adultes vantaient sa beauté, ses yeux pâles, ses cheveux blonds très longs. Elle s'était mise à sortir avec Philippe, le caïd du village, un brun que toutes les filles admiraient à distance parce qu'à la récréation, derrière la maison mobile blanche où on avait installé la classe de deuxième année, c'est Valence Berri qu'il *french kissait* en glissant ses mains sous le coton ouaté AC/DC. Le samedi après-midi, ils allaient faire du patin à roulettes à Varsity, un village du coin où le maire avait tout misé sur l'installation d'une piste de *roller derby* avec gradins et cantine où on mangeait les meilleurs hot-dogs *steamés all-dressed* au monde. C'était l'endroit le plus chic des environs, fréquenté par nos vedettes : Gérard Letarte, l'imitateur d'Elvis gagnant de nombreux prix à Las Vegas, et la grande Lucie qui s'avançait sur la piste en shorts minuscules de satin rose au bord desquels sa chair fraîche se répandait en vaguelettes de bourrelets.

Désormais, peu importe où je la croisais, Valence Berri disparaissait immédiatement de ma vue. Elle refusait d'entendre ma plainte. Sa mère était mal à l'aise, elle me lançait des regards de pitié qui disaient : « Je n'y peux rien », comment expliquer que l'amour n'est pas toujours partagé ? Ma mère disait : « C'est un deuil à faire », et je me forçais à imaginer que Valence était véritablement partie, qu'elle avait disparu, qu'elle s'était évaporée, un ogre l'avait enlevée.

Pendant des semaines, toutes les nuits, je me suis endormie au bout de mes larmes, repassant dans mon esprit la seule chose que j'avais pu garder d'elle, le souvenir de son visage comme un portrait-robot agrafé sur un poteau de bois.

Le samedi soir, on organisait des fêtes dans les sous-sols à moitié finis des bungalows, interdiction formelle aux adultes de descendre dans le noir pour surveiller. Le plus souvent, ils en profitaient pour s'absenter, creusant un trou dans le sable où mettre leurs têtes de parents, de toute façon le mal était fait, qu'est-ce que ça donnerait de faire semblant de s'intéresser à nous? On plongeait dans les accords de guitare électrique, le bouton du volume tourné au plus fort pour faire vibrer le monde entier et nous les premiers, bercés de l'intérieur par un frisson qui disait que le bonheur pouvait exister. On clôturait le tout avec *Stairway to Heaven,* le plus long slow de l'Histoire. Une fois, le cousin ou le frère ou l'ami d'une amie m'avait mis le grappin dessus et collée fort contre lui, ses longues mains aplaties mollement sur mes fesses sans les lâcher jusqu'à la toute dernière note.

Après les sessions de danse dans le noir, on allumait les lumières et assis en cercle sur le plancher, on faisait tourner une bouteille vide pour voir devant qui le goulot allait s'arrêter. C'était un jeu que tout le monde attendait, le clou de la soirée avec les bretzels, les peanuts et les chips barbecue. On aurait pu entendre une mouche voler. Une fois que la bouteille s'arrêtait, on était forcé de suivre la consigne : la personne qui avait fait tourner la bouteille devait se cacher dans le placard avec la personne qui se trouvait pointée par le goulot. Les mains devenaient moites, on entendait les cœurs battre. Parfois, au moment où la bouteille menaçait de s'arrêter devant soi, on prétextait une envie urgente d'aller faire pipi. Quand les deux victimes disparaissaient dans le placard, on comptait les minutes en ne détachant jamais le regard de l'horloge accrochée au mur, tic tac tic tac tic tac, jusqu'à ce que le temps requis soit écoulé. Ça rigolait, ça chuchotait, le laboratoire des rumeurs s'emballait. On ne savait pas si ce qui se passait derrière la porte était pareil pour tout le monde. On se disait que les autres étaient plus avancés que nous, et quand ils ressortaient les joues rosies, on était convaincu qu'ils avaient osé le mélange des liquides, les déclarations d'amour.

Valence était allée dans le placard avec le beau Philippe, et ils étaient restés plus longtemps que le temps imposé. On avait regardé les aiguilles, on avait attendu, puis il avait fallu cogner à la porte, « Ok ok sortez maintenant », et en sortant Philippe bombait le torse en rebouclant sa ceinture. Valence avait les lèvres rouges et les joues blanches comme si elle avait avalé un morceau de pomme de travers et qu'elle attendait un vrai baiser. Une fraction de seconde, nos regards s'étaient croisés et un ange était passé, ou un fantôme, en tout cas quelqu'un qu'elle voulait enterrer.

Je m'étais retrouvée, une fois, dans le placard avec Manon-juste-Manon. Je m'étais dit que ça tombait bien puisqu'on était voisines. On dit que la nuit porte conseil, et là-dedans on ne voyait rien. Je sentais ses mains sur mes épaules, sa bouche contre mon oreille, les secrets qui coulaient doucement le long de ma joue. Dans le noir, Manon-juste-Manon était toujours gentille.

Je l'avais compris avant, durant le voyage de fin d'année, pendant le retour, callées toutes les deux sur la dernière banquette au fond de l'autobus. Au cours des derniers mois, le samedi matin, on avait organisé des *car wash* devant la caserne de pompiers, et du porte à porte le soir après l'école pour vendre des tablettes de chocolat. Tout ça pour payer un voyage à Toronto, deux nuits trois jours à dormir dans un gymnase pour voir la tour du CN et célébrer la fin de l'école primaire et le passage à l'immense bunker en béton que le ministère de l'Éducation avait élevé au bord de l'autoroute, dans le triangle des Bermudes formé par les villages des environs.

Montréal, la grande ville au bout de l'autoroute, à deux heures du village, n'avait rien à voir avec la ville de New York qu'on nous faisait miroiter dans le cours de géographie en la pointant sur la carte comme le diable dans les sous-sols du catéchisme. New York, c'était l'enfer sur terre, la demeure des pestiférés. Ses immenses tours d'ivoire pointaient vers le ciel dans ce qu'on décrivait comme une arrogance du pouvoir, la conviction que le monde était étendu à ses pieds. On disait New York, on voyait apparaître la statue de la Liberté, et dans la classe un lourd silence tombait comme à l'église le dimanche quand quelqu'un venait de décéder et que les paroissiens piteux baissaient la tête, personne n'osait regarder le prêtre de crainte qu'il puisse voir la couleur de l'âme au travers des yeux.

C'était l'été 80. Peu de temps après la mort de Joe Dassin, on annonçait le divorce de la princesse Caroline de Monaco et de Philippe Junot. On sentait entre ces événements un lien abstrait, quelque chose de surnaturel porté divinement par la voix de *Paris Match*. Bébé Azaria avait disparu dans un terrain de camping en Australie, l'enlèvement du bébé par des chiens sauvages était inimaginable, la mère avait été accusée.

L'école terminée, j'étais dans la chaleur du foin et les piqûres de moustiques. Ma mère se lamentait autour d'un référendum puis retrouvait son sourire en chantonnant qu'un acteur était candidat à la présidence des États-Unis, qu'on avait décidé de boycotter les Jeux de Moscou, que c'était le bordel partout. Devant les dépliants qu'elle avait étalés sur la table de la cuisine en me vantant les promenades à cheval, les cours de voile, l'escalade en montagne, j'avais secoué la tête dans un refus catégorique des vacances peu importe la qualité des colons qui m'accueilleraient. Je disais : « Le problème, ce n'est pas de partir, c'est de me retrouver avec d'autres avec qui il faudra dormir, manger, se laver, jouer, parler, tout faire ensemble beau temps mauvais temps. » Elle disait que j'étais un cas désespéré.

Je me souvenais avec nostalgie de l'été parfait, celui des Jeux olympiques à la télévision, les 10.0 de Nadia Comaneci devant lesquels le monde entier était resté ébahi, son petit corps contorsionné, sa petite queue de cheval retenue par un doux nuage de tissu, son dos cambré, on aurait dit une plume, un ange. On avait vite regretté la petite fille au regard sombre sur la poutre de *Newsweek*.

Fini l'émerveillement d'une petite gymnaste qui avait forcé un changement d'affichage, bientôt on dirait qu'elle avait été anorexique, qu'elle ne connaissait que le malheur, que son entraîneur avait abusé d'elle. On la dénuderait sur la place publique, on la brûlerait comme une sorcière. On dirait qu'elle était passée de bras en bras, de fascisme en fascisme, de la Roumanie aux États-Unis en passant par l'Autriche, comme quand elle volait entre les barres asymétriques. Il y aurait une douleur à constater qu'elle était sortie de l'enfance, c'était pire que de quitter un pays. On lui avait donné des médailles pour qu'elle reste petite et qu'on continue à sentir des papillons dans le ventre, pour toujours avoir envie de prendre dans les bras sa souplesse de chat, pour la garder en soi comme une poupée russe, une petite fille en pâte d'amande. On lui fabriquait un nid de ragots faute de pouvoir l'empailler.

J'avais collé des photos de Nadia Comaneci sur le mur de ma chambre à côté de Farrah Fawcett. Quand on allait à Montréal rendre visite aux grands-parents, je cherchais à voir le mât du stade, pointé vers le ciel comme un hommage à la plus grande de tous les grands.

J'étais née peu de temps après la fin d'Expo 67 où ma mère avait été caissière. On disait que mon père aussi y avait travaillé quelques jours, quelques heures peut-être. Moi, j'avais tout raté. Restaient les visites du site en compagnie de mes grands-parents des années plus tard les dimanches d'été, pour faire un pique-nique. C'était une de leurs activités préférées.

On prenait le métro. On suivait la flèche vers Terre des hommes, jusqu'au bout du tunnel, dans cette odeur qui était toujours la même, un mélange de métal et d'humidité dont la fraîcheur demeurait un répit contre la chaleur lourde de l'été. Arrivés sur le site, on trouvait un banc où s'asseoir pour manger les petits sandwichs en triangles et les concombres en tranches enveloppés dans du papier ciré. Parfois, avec un peu de chance, on avait droit à des meringues cassées durant le trajet, fabriquées par Jeanne et Réjeanne, les très vieilles tantes de mon enfance, celles qui avaient sacrifié leur vie pour prendre soin de leur mère à l'âge critique où c'est maintenant ou jamais parce qu'après, pour l'amour, les princes riches beaux et en santé, il fallait oublier. L'idée des meringues était plus emballante que la réalité, une chose collante qui se logeait dans les crevasses des dents, et laissait un goût de sucré trop vanillé qui finissait par donner la nausée.

Les vieilles tantes ne venaient jamais au village. Je les voyais à Montréal, dans leur appartement décoré d'une collection de statuettes en porcelaine, princesses, danseuses, courtisanes couleur pastel, disposées partout sur les meubles laqués blancs, comme les restes d'une enfance innocente. Mon grand-père se moquait d'elles en chuchotant que c'était des putains qu'elles collectionnaient, une pornographie pour vieilles Anglaises coincées comme celles qui les servaient quand elles allaient faire leurs emplettes dans l'ouest de la ville, l'activité qui donnait un sens à leur existence. Elles avaient toujours vécu ensemble. Elles dormaient dans des lits jumeaux côte à côte dans la même chambre.

L'hiver, elles partaient, emmitouflées dans leurs manteaux de vison, leurs gros chapeaux de feutrine et leurs souliers fourrés, manger bras dessus bras dessous au 9e chez Eaton un buffet avec rosbif et petits fours, serveuses amidonnées, dans un décor qui rappelait celui d'un paquebot du début du siècle, art déco, le Titanic avant de couler. Les vieilles filles s'imaginaient en croisière, traverser l'océan pour voir de l'autre côté des pièces montées et de la tête fromagée. C'était leur Apollo 11, un gros orteil sur la lune et l'impression de conquérir l'univers.

Une fois le repas terminé, elles remontaient doucement la rue Sherbrooke jusqu'au Saguenay, la tour où elles habitaient depuis de longues années et qui les confirmait dans l'impression qu'elles avaient d'être au-dessus de la mêlée. Jusqu'à ce que des flots de population étrangère transforment le visage de la ville, envahissent la tour, et que les vieilles tantes y trouvent le terrain fertile pour d'infinies récriminations.

La présence des vieilles tantes s'accompagnait d'une suite toujours plus longue de consignes à suivre, s'asseoir bien droite, ne pas mettre les coudes sur la table, tenir les couverts bien comme il faut, dire bonjour et répondre gentiment aux questions, avoir les cheveux courts ou bouclés et être bien habillé. Jeanne et Réjeanne étaient des tricoteuses de ressentiment, une maille à l'endroit une maille à l'envers parce que le bonheur n'était pas une chose nécessaire. Elles n'y avaient pas eu droit et après elles le déluge, le même sort attendait toutes les filles plus jeunes, ma grand-mère, ma mère, et moi à la fin de la lignée.

Elles étaient déjà mortes quand on a détruit le 9e chez Eaton, passé au crible de l'économie de marché et remplacé par un étage de soldes soldées. Elles se sont éteintes l'une après l'autre, emportées par deux cancers différents. Leur mort avait suscité peu de tristesse, seulement un nuage de compassion pour ma grand-mère qui, comme elle aimait à le répéter, se retrouvait désormais sans famille. Je ne sais pas si ma grand-mère et ses sœurs Jeanne et Réjeanne avaient été des petites filles terribles comme la vilaine Sophie dont elles m'avaient offert les malheurs pour me donner le goût de couper la tête des poissons rouges, manger le pain des chevaux, et torturer une poupée. Il y avait tant de bonnes mauvaises idées. Je me demandais si Jeanne et Réjeanne ne s'étaient pas longtemps amusées à les réaliser.

Un jour, à l'école du village, c'était à la veille des vacances d'été, le directeur, debout sur l'estrade dans le gymnase devant tous les enfants, a annoncé que la petite fille qui vivait au fond du champ derrière chez nous avec son oncle et sa tante, tout près de la grosse butte de gravier qui avait été laissée là on ne savait pas pourquoi, avait disparu. Ce n'était pas une rumeur, c'était la vérité. Ça faisait des jours qu'on la cherchait. On disait: «Ce n'est pas étonnant, quelle honte, des gens pareils qui ne se soucient pas de leurs enfants!»

Ma mère, en blaguant à moitié, disait qu'il ne fallait pas trop s'approcher de cette maison-là parce qu'une sorcière y habitait. Au début, on pensait à Hansel et Gretel, la petite fille s'était sauvée. Puis, l'inquiétude a commencé à monter, accélération des allées et venues autour de la maison, même des voitures de policiers avaient été dépêchées du village d'à côté. On faisait des interviews, on rencontrait l'oncle et la tante qui avaient la garde de l'enfant. Leurs vêtements étaient sales, ils étaient échevelés, on les interrogeait debout dans le gravier qui tapissait l'entrée, on menaçait de les emmener au poste de police. L'oncle et la tante étaient de la même taille. Ils avaient l'air de jumeaux dans leur immense veste à carreaux, le tissu écartelé autour des boutonnières à cause de leurs gros ventres ronds. Ils marmonnaient, les mains dans les poches, une cigarette au coin de la bouche.

Ils habitaient là depuis peu de temps. La maison avait été vide jusqu'à ce qu'ils s'y installent, une vieille maison en bois, une des plus vieilles du village, où personne ne voulait habiter parce qu'on disait qu'elle était hantée. C'était venu aux oreilles de ma mère, qu'ils n'avaient pas l'eau courante et qu'ils faisaient leurs besoin dans une bécosse, cachée au fond du terrain, dans le champ. De chez nous, on ne voyait rien d'étrange, ni formes blanches ni feux-follets. L'oncle se promenait dans un vieux pick-up rouge. La tante ne quittait jamais la maison. On la voyait parfois penchée au-dessus de ses platebandes, mais jamais rien n'y poussait.

Un an plus tôt, Doris était apparue à l'école. On disait que c'était leur nièce, que ses parents étaient morts ou qu'ils l'avaient abandonnée, qu'elle avait grandi dans un cirque ambulant, dans une caravane à Coney Island avec les freaks, avec des criminels ou des gitans. Je me demandais d'où venait son nom.

Doris avait deux longues dents qui extrudaient d'un mandibule protubérant, et ses yeux étaient aussi noirs que ses cheveux. Elle portait des jeans bleus qui arrondissaient ses fesses et tombaient bien larges et bien sales sur des Adidas trop grands. Une fois, pour le spectacle de fin d'année, elle s'est approchée de ma mère qui était en charge de nous coiffer. Elle est venue vers elle comme un agneau, comme un petit animal qui demande un câlin. Ma mère a pris la brosse et, patiemment, en respirant doucement, a entrepris de démêler les cheveux collés en amas autour de la tête, enduits de gras et de pellicules. Doris était assise sur le sol devant elle, entre ses jambes, les yeux fermés. Ma mère lui a fait deux tresses, elle lui a mis des barrettes, puis l'a maquillée. Doris était transfigurée.

Elle a fini par disparaître. Après l'annonce du directeur de l'école, tout le monde l'a oubliée. On n'a jamais su ce qu'elle était devenue. Son oncle et sa tante sont restés dans la maison au bout du chemin derrière notre bungalow. On les voyait rarement, seulement quand ils remontaient vers Boundary Road dans leur pick-up.

Un samedi matin, on a croisé Mom à la caisse du nouveau supermarché. Elle faisait l'épicerie, et sans qu'on s'y attende, elle s'est invitée chez nous. Elle a dit à ma mère : « Je vais vider l'auto et je vais passer te voir ! » puis elle a poussé son chariot vers la sortie. Comme si elle voulait tirer quelque chose au clair, lui révéler un secret, lui dire une chose grave au sujet du village. Ma mère était restée bouche bée.

Ce serait bientôt le moment de la fête paroissiale annuelle dont Mom, depuis toujours, s'occupait. Mais cette année, elle avait pris du retard. Rien n'avait encore été fait. On ne savait pas pourquoi, mais les préparatifs traînaient. Mom était née ici, et toute sa famille aussi, parents, grands-parents, arrière-grands-parents, l'arbre au complet. On le savait mais on n'avait jamais posé de questions. De toute façon, rien de bon ne pouvait sortir d'ici.

Une heure plus tard, Mom cognait à la porte. Elle est entrée, s'est installée à la table de la salle à manger devant sa tasse de Sanka sans nous regarder, et s'est mise à parler. Elle parlait sans lever la tête. On aurait dit qu'elle se confessait mais on entendait aussi qu'il y avait une mise en garde dans ce qu'elle disait. Elle murmurait que c'était le village de la malédiction. Ses mains tremblaient autour de la tasse de café. Elle les retirait pour les essuyer sur ses cuisses, les refermait, puis recommençait. Après quelques minutes, elle a murmuré à ma mère qu'elle avait quelque chose à lui raconter. Ma mère s'est assise devant elle et m'a fait signe de m'éloigner. Je suis sortie de la pièce. Je me suis dirigée vers le salon, de l'autre côté, puis, en silence, je suis revenue sur mes pas. Je me suis assise au pied du mur mitoyen entre le salon et la cuisine, les genoux sous le menton, j'ai écouté Mom parler.

Ça s'était passé dans la cuisine d'une grande maison blanche debout à l'entrée du village. C'était maintenant une maison abandonnée, le bois pourri, la peinture enlevée, Daddy allait bientôt la détruire pour en faire un nouveau chantier. Je n'ai jamais vu Mom pleurer sauf cette fois-là, quand elle a raconté l'histoire de sa grand-mère, celle qui avait passé sa vie dans la grande maison blanche. À l'époque, on baignait les enfants dans de grandes bassines en métal qui faisaient le même son que les cloches de fer blanc. Les vaches étaient des taches contre le vert du pré, on allait les chercher en fin de journée pour qu'elles regagnent l'étable en cas d'orage. Élisabeth profitait de la chaleur de l'après-midi pour laver ses petits. C'était une femme déjà un peu âgée, trente-cinq années de campagne bien sonnées, trente-cinq années de bouillies et de pot-au-feu. Elle ne quittait jamais son tablier, sauf dans le noir du soir quand elle se dévêtait rapidement, au pied du lit en faisant dos à son mari.

Ce jour-là, son mari était parti et elle ne pensait pas à lui. Elle avait déjà trop pensé à lui, maintenant c'était fini. Elle faisait comme s'il n'était pas là, plus jamais elle ne perdrait le sommeil à cause de lui. Elle savait qu'il était au bout du champ, descendu du tracteur, et, à côté de lui, dans les grandes herbes folles qu'il refusait de couper, la terre buvait le contenu d'une bouteille qui ne serait jamais la dernière. Elle ne l'entendait plus, elle ne reconnaissait plus sa voix. Depuis le temps, les mots décousus par l'ivresse, les monosyllabes de l'enfance, on ne savait plus ce qu'il racontait, elle le laissait parler sans l'écouter. Pendant ce temps-là, les enfants rentraient dans la cuisine après avoir couru avec les poules et les lapins. Ils étaient couverts de poussière. Elle disait : « Allez ! C'est l'heure de se laver ! »

C'était la grande fille en premier, l'aînée qu'on laisse seule dans la cuisine pour qu'elle ait un peu d'intimité, pour protéger sa jeune poitrine et les poils pubiens vers lesquels les autres pointent les doigts : « Et moi est-ce que je serai comme ça ? » Quand elle a terminé, les petites entrent tour à tour dans la bassine et restent debout, brinquebalantes, frissonnantes dans la chaleur de l'été, pendant que la mère verse sur leur tête une casserole remplie d'eau. Pour se réchauffer, elles s'ébrouent comme des chiens fous, chahutent, aspergent celles qui sont tout près sur le plancher. Quand la crasse se décolle de leur peau et tombe dans l'eau, elle fait éclater les bulles de savon. Bientôt, sous les pieds, on sent le sable accumulé au fond de la bassine, le sable des dunes au bord de la rivière où les filles creusent toute la journée. Une fois, elles sont revenues en courant à la maison, essouflées, fières de montrer à leur mère un os qu'elles avaient trouvé : « C'est certain, un os de dinosaure ! » et Élisabeth peu sensible à leur émoi qui dit : « L'os d'une vache mangée par un loup qui avait une grosse faim, ou grignoté par la chèvre de M. Séguin. »

Quand elle juge que ses filles sont propres, d'un grand coup de bras, la mère les retire de la bassine et les dépose sur une serviette. Les rires éclaboussent la pièce. Elle se tient les reins, souffrante, les yeux fermés, la douleur la fait grimacer. Elle s'essuie le front. Reste la petite dernière, peut-être sa préférée, celle qui vient clore l'éternité.

Élisabeth attrape Georgette sous les aisselles. Après les autres, elle lui semble si légère. Georgette, c'est son petit ange. Elle a tout juste trois ans. Sa dernière dent vient de percer. Elle la trouve sage, parfois trop sage, elle craint qu'elle ne trouve pas sa place dans le monde et la horde des sauvages. Elle essaie de lui apprendre à compter, un deux trois quatre quand ils sont tous autour de la table, elle pointe le doigt vers les plus grandes qui ne se disputent plus son attention depuis qu'elles ont des choses à raconter.

Pendant ce temps, Georges rentre du champ. Elle a entendu la porte s'ouvrir derrière elle. « Papa ! » hurle l'avant-dernière en se précipitant vers la porte grillagée pour se frotter le nez contre le Wrangler boueux, la chlorophylle qui tache et les résidus de fumier. Autour de l'homme, un léger nuage de whisky. « Tiens ! » dit la mère sans le regarder, en pointant vers la bassine. « Change l'eau ! » D'un coup de bras, Georges éloigne la petite qui a couru vers lui, attrape la cuvette et titube vers l'évier. Élisabeth quitte la pièce. On entend l'eau couler. Les enfants ont repris leur jeu de serviettes mouillées. Georgette est calme. Elle regarde faire son père et attend, sa peau nue dans le soleil qui commence à descendre dans le ciel et devient orangé. C'est une enfant patiente. Elle ne crie jamais, met son pouce dans sa bouche et regarde passer le temps.

Dans la chambre des enfants, au fond de la maison, Élisabeth range les vêtements qu'elle vient de repriser, l'aiguille qui entre et sort du petit coton, et choisit ceux qu'elle mettra à la petite. Elle vit dans une maison bien remplie. Certains jours, elle se réfugie quelques minutes dans la bécosse derrière, à la limite du champ. Elle est allée quelques années à l'école, elle est capable de lire, une voisine lui a prêté un livre qui appartenait à son père, un vieux livre recouvert de cuir et aux coins abîmés. Elle le cache entre les pages d'un journal et disparaît dans le jardin. Elle en lit quelques lignes avant de continuer sa journée. Après, souvent, elle se surprend à rêver. Elle repense au beau garçon de sa jeunesse, celui qui est parti trop vite parce que la guerre l'appelait et qui est mort, il a fallu cesser d'attendre, il a fallu prendre le premier venu, celui qui avait l'air fou avec sa casquette.

De la chambre, soudain, elle entend un hurlement. Au même moment, c'est comme si Georgette était revenue à l'intérieur d'elle. Le cri prend toute la place. Elle sort de la chambre en courant. Quand elle arrive, la petite est affaissée par-dessus le bord de la cuvette. Elle se dit qu'elle n'est pas noyée, qu'elle respire, puis elle est tout près, à côté, et elle sent la vapeur sur son visage, elle voit la peau de coquelicot, le blanc des yeux révulsés. Elle attrape la petite, la tire de l'eau. Une eau si chaude qu'elle brûle les mains. Par terre, figé, accroupi, le père. Un voisin les conduit à l'hôpital le plus près. La petite est morte quelques jours plus tard dans le silence de la souffrance, la brûlure au troisième degré. Tout le village était en émoi. La famille est devenue un objet de curiosité. On ne pouvait pas tomber plus bas. Le père est parti et on ne l'a plus jamais revu.

Mom renifle, attrape un mouchoir, retire ses lunettes pour essuyer ses larmes. Personne ne vit plus dans la grande maison blanche depuis longtemps. De la famille, elle est la seule qui n'a pas fini par quitter le village, et parfois, à la sortie de l'église, des vieux lui rappellent le passé. Ils lui disent que Manon-juste-Manon ressemble à Georgette, comme un mauvais présage.

La banlieue

C'est après la disparition de Doris et la visite de Mom que ma mère, pendant qu'elle pelait les pommes de terre pour le pâté chinois du samedi midi, a brisé le silence et dit, en criant presque: «On va quitter ce village maudit!» C'était une annonce formelle, un faire-part officiel, on ne pouvait rien dire pour faire marche arrière. Ma mère en avait assez des odeurs de fumier et des gésiers de poulet bouillis, il n'y avait rien à ajouter. Le silence est retombé. Elle ne disait pas où on partait. J'ai senti des larmes sur mes joues, sans savoir si elles étaient de tristesse ou de soulagement, puis je me suis croisé les doigts, implorant Dieu de nous installer dans une ville, une vraie, New York ou Hollywood. Je lui ai demandé ce que j'allais devenir. Elle m'a répondu: «Ce n'est pas qu'il faut arriver à quelque chose dans la vie, c'est qu'il faut sortir de là où on est.»

Anjou, Ontario. Je n'avais jamais pensé qu'on pourrait partir de là. Je n'avais jamais pu m'imaginer ailleurs qu'ici. Je pleurais le souvenir de mon premier baiser, je pleurais Manon-juste-Manon et le jeu de la bouteille, et pendant que les larmes coulaient sur mes joues, ma mère levait les yeux au ciel en lavant la vaisselle et disait: « Une de perdue dix de retrouvées. » J'étais piteuse, découragée. La vie était un enfer, ce n'était pas une grande nouvelle. Après la mort d'Elvis, on avait dit que ça ne pouvait pas être pire, on avait atteint le fond du baril comme au début des temps avec la mort du Christ, et voilà que tout allait à nouveau basculer. On avait mis un homme sur la lune, Elvis était mort, on allait déménager, je ne savais plus ce qu'on entendait par progrès.

Puis, soudain, pour la durée d'un instant dans le soleil de midi qui frappait par la fenêtre au-dessus de l'évier de la cuisine, ma mère s'est arrêtée de frotter. Elle s'est penchée vers moi et a chuchoté, comme un secret, que la ville était pleine d'avenir, des choses que je ne pouvais même pas imaginer. Je devais m'habituer. Qui sait ce que j'allais trouver là-bas, quel tournant ma vie prendrait ? Elle en était certaine, je l'entendais dans sa voix. Mais au fond, tout ça ne me concernait pas. J'étais forcée de suivre. Les parents allaient et venaient. Nous étions venus ici comme nous aurions pu aller ailleurs, rats des villes et rats des champs, cigales ou fourmis.

Je ne venais pas du village, je ne venais pas d'ailleurs non plus, mais j'avais fini par prendre racine dans les champs de maïs et de fraises sauvages. Assise sur la balançoire blanche accrochée au module en métal bleu que mes parents avaient installé dans la cour arrière, je rêvais d'un grand amour et de dévotions religieuses, je m'étourdissais à tourner sur moi-même, enroulant et déroulant les lourdes chaînes rouillées jusqu'à la nausée. Peut-être qu'un jour je décollerai à force de tourner, ou je perdrai la tête, juste assez pour ne plus savoir exactement où je suis.

On était arrivé au village six ans plus tôt, le jour de la fête du travail. On le quittait six ans plus tard, au milieu de l'été, pour un nouveau départ. Il faisait beau, il faisait chaud. On est parti et on a laissé derrière nous la remise où étaient entassés la tondeuse, les pelles, l'engrais pour le gazon, les semences non semées, et où, l'hiver, on installait la cage des lapins pour qu'ils ne soient pas emportés par les grands froids. On a abandonné le prélart de la cuisine aux teintes de jaune sale, le papier peint blanc du salon sur lequel étaient dessinées les ombres noires de longs troncs d'arbres morts, et le contre-plaqué fixé sur le mur de ma chambre pour que je puisse coller et arracher des affiches de stars en toute liberté. On a tourné le dos à l'église et à la fête paroissiale, aux tables de poker, à sa grande roue, et à ses pommes à aller chercher la tête dans l'eau sans se noyer. On a fait une croix sur les lave-autos organisés dans l'entrée de garage de la caserne de pompiers, et les danse-o-thon dans la grande salle communautaire avec des haut-parleurs jusqu'au plafond.

On est parti en laissant derrière nous les guimauves calcinées, les igloos creusés dans la neige, les bacs de haricots verts à équeuter, les piqûres de moustiques, les grosses araignées noires couchées sur le couvre-lit, la cuirette du divan qui faisait bouillir la peau des cuisses l'été, les repas du samedi soir dans la lumière tamisée de la lampe Tiffany aux teintes variées de bleu, les *dips* avalés dans le sous-sol de l'église après une première communion ou des funérailles, les cours de flûte à bec donnés dans leur couvent par les sœurs grises, le coffret de la Bible illustrée en quatre volumes, le livre de recette de Jehane Benoît, le gâteau-fudge de ma grand-mère et ses carrés aux noix, les foies de poulet aux poivrons verts, le nettoyage de tableaux noirs dans toute l'école en pleine tempête de neige quand il y avait moins de présents que d'absents, la nuit profonde des pannes d'électricité, les ballons rouges texturés avec lesquels on jouait à l'intérieur de carrés dessinés à la craie dans la cour d'école, le gros rat gris aperçu de loin un matin dans l'entrée des voisins, le mari de l'institutrice qui s'était fait enlever toutes ses dents à la fois pour les remplacer par un dentier et qui pendant des jours avait saigné comme un cochon, le bungalow circulaire qui avait été construit à l'entrée du village et où quelqu'un avait fini par installer un restaurant pour les villageois les plus inusités qui mangeaient des repas en sauce et des crustacés comme si ça allait de soi. On s'est sauvé comme des voleurs. Un camion de déménagement est venu prendre les meubles et les boîtes de carton, on a entassé ce qui restait à l'intérieur de la Cortina rouge en s'assurant de ne rien oublier pour ne pas avoir à faire un autre voyage. On est parti et on n'est jamais revenu, sauf une ou deux fois parce qu'on avait rien d'autre à faire que revoir le passé et se péter les bretelles d'y avoir échappé.

« Allez ! » a dit ma mère en me poussant doucement dans le dos, « C'est l'heure, il faut partir ! » Il faisait soleil, splendide, il faisait déjà chaud, on aurait dit le pire de l'été, l'enfer du nez qui pèle, de la peau qui colle, on a roulé les fenêtres ouvertes sur la 417. Je me suis dit que c'était la dernière fois que je verrais, le long de la route, le panneau vert annonçant le passage de la frontière. La voiture roulait sur l'autoroute, tout près des cadavres de ratons laveurs et de mouffettes, dans un paysage de silos. Ma mère n'avait pas mis les grands succès de Jean-Pierre Ferland dans le magnétophone. Elle regardait dehors, silencieuse, et écoutait le vent siffler. Sa peau brillait, moite de chaleur. Elle était accoudée à la portière, la tête appuyée dans sa main. Elle fermait les yeux puis les rouvrait puis les fermait encore en soupirant.

J'avais vu défiler les maisons, la voie ferrée, l'école, l'église, le camping, la Caisse populaire, les cailloux, les peupliers. Au moment de partir, on avait entendu la mère de BB hurler. Les voisins d'en face avaient fait un geste en regardant la Cortina passer. Manon-juste-Manon était restée le dos tourné. Je ne savais pas qui allait habiter dans le bungalow à notre place. Sans doute une famille qui n'avait pas les moyens d'acheter une maison ailleurs que dans un trou. Il fallait bien commencer quelque part.

Mes parents avaient troqué le village pour le quartier des maisons en rangées, ni trop près ni trop loin de la grande ville, quelque chose de parfaitement moyen au nom british de Chichester, en banlieue de la capitale fédérale.

Pendant les semaines d'été, dans ma nouvelle chambre et mon nouveau lit placé contre le nouveau papier peint à petites fleurs rose tendre que ma mère avait choisi, j'ai fréquenté les monstres de l'insomnie. Dans la chambre voisine, celle de mes parents, j'entendais les voix de la télé. Quand je sentais que le sommeil était venu les chercher, j'allais éteindre le poste, éteindre la lumière, retirer les lunettes et les déposer sur la table de chevet. Je retournais dans mon lit et je restais allongée dans le noir à fixer le plafond, attendant que l'épuisement soit plus fort que tout ce que je pouvais imaginer.

Je finissais par m'endormir au plus profond de la nuit, en rêvant à ce qui m'attendait peut-être le lendemain, les mille saveurs de Baskin-Robbins dans un cornet sucré et la peur de ne pas retrouver mon chemin. C'était la jungle, désormais, devant le McDonald, au carrefour de la rue Ogilvy et du chemin Montréal.

Le quartier des maisons collées donnait l'impression d'un monde en miniature, comme Madurodam, la Hollande reproduite en petit format à Scheveningen. Alice au pays des merveilles après qu'elle a lu *Mangez-moi*. C'était un monde où on avait l'impression d'être protégé, les petites filles toutes à leurs pâtés dans le carré de sable, insouciantes, leurs robes relevées sur une culotte bleue, rose, blanche. Elles se racontent leur journée, hallucinent un pays où des fées butinent, papillonnent, respirent le soleil, apportent aux enfants la douceur du sommeil. On entend leurs voix comme des piaillements, des bruits de cristal contre les devantures des maisons.

De ma chambre, le soir, j'écoutais longtemps leurs voix, l'été le soleil se couche tard, je me demandais quand le silence enfin tomberait sur elles comme une pluie qui les forcerait à rentrer, les parents qui appellent, « Vite, tu vas être trempée. » Quand je ne les entendais plus, ma peur s'accentuait, celle qui me plongeait dans l'attente d'un bruit. On disait être sans crainte dans le quartier des maisons collées, jamais rien ne se passait, un endroit idéal où habiter, sans souci, *no worry*.

C'était une banlieue dans une banlieue, entre l'arbre du village et l'écorce de la ville, un espace de transition. On savait tout des voisins. Les stores verticaux ouverts dans la grande fenêtre du salon révélaient le décor, le choix des couleurs, des matières, des objets. Au regard, rien n'échappait. Tous les intérieurs se ressemblaient, malgré la présence de différents modèles parsemés sur l'ensemble du complexe d'habitations. Et partout, des murs si minces que la vie des voisins était tout près, les pas dans l'escalier, les rires, les bruits dans le noir. Derrière les maisons, il y avait de petits jardins séparés par une clôture mitoyenne et, au bout du jardin, les garages où les voitures dormaient la nuit jusqu'à ce qu'on les libère le matin, « Bonjour, attention au soleil ou à la pluie, passez une bonne journée ! » Le weekend, on entendait le chant des boyaux d'arrosage qui retirent à la carrosserie la poussière de la semaine. Parfois, un crissement de pneus parce qu'un vélo n'a pas été rangé ou qu'un enfant vient de courir dans la rue pour rattraper son ballon envolé. La limite de vitesse est clairement indiquée, dos d'âne partout sur le circuit, pas de repos au volant, la vigilance est de mise, vérification de l'alcoolémie.

Ici, tous les élans sont freinés. On vit au ralenti, dans le respect et l'entraide, la bonne entente et l'harmonie. Le soir, en rentrant du travail par les transports en commun qui nous laissent presque à la porte au coin des deux avenues principales, on se retrouve chez les uns ou chez les autres pour prendre un verre, trempettes et olives, à la bonne franquette. Les jours de vacances, Action de grâce, Noël, été, on organise des potlatchs à l'amérindienne, et parfois même, plus loin dans la ville, de mystérieuses chasses au trésor. L'été, les enfants se retrouvent autour de la piscine commune. Les parents les ont inscrits à des cours de natation pour qu'ils apprennent à se débrouiller dans l'eau trop froide qui les fait trembler. Les petits pleurent quand on les abandonne dans les bras des instructeurs, mais une fois passé le mauvais quart d'heure, ils s'ébrouent sous surveillance pendant que les gardiennes d'enfants ferment les yeux derrière leurs lunettes de soleil, s'évadent en maillot de bain dans l'univers flamboyant des superstars. Les dalles de béton sont trempées. Le sol des douches est gluant. La porte de métal grince, on le sent sous les dents. Le midi, on quitte l'enceinte trop chaude, pour revenir deux heures plus tard, dans la douceur de l'après-midi. Encore plus tard, le petit gilet, une serviette sur les épaules pour que fonde la chair de poule apparue avec le vent de fin de journée, sauf dans les rares cas de canicule.

On reste longtemps, pour retarder le plus possible le moment de rentrer à la maison, repas familial et tâches ménagères pour apprendre aux enfants ce que c'est la vie, vraiment, « Vous comprendrez quand vous serez grands. » On ne voit pas le soleil se coucher. L'horizon est une chose qu'on devine derrière les maisons en rangées, la colline qui descend vers la banlieue cossue aux grandes maisons jaunes, blanches, bleues, on dirait du papier mâché.

On venait de déménager quand 1984 est arrivé comme un *blockbuster* ou le Jugement dernier. Tino Rossi était mort, Nathalie Simard ne mangeait plus de petits poudings Laura Secord, Céline Dion avait chanté *Une colombe* pour le pape, on donnait à lire *Moi, Christiane F.* comme vaccin contre les mauvaises idées. La vie était un entre-deux-guerres sans retour des hommes, sans roses plantées dans la bouche des canons. Les cadavres s'empilaient, on laissait pourrir le souvenir pour faire pousser des fleurs en plastique. Les mères voyaient la douleur comme un caprice. Elles disaient: « La vérité ne sort pas de la bouche des adolescents. Rien ne sert de courir, il faut partir à point. Une peau si jeune ne laisse pas de cicatrices. » On faisait vœu de nonchalance mais la peur restait, celle des mères qui ferment les yeux sur le danger. Et nous, on attendait, prises dans un temps collant comme dans l'œil d'une montre molle, devant la télévision où on voyait des berceaux d'osier flottant sur les fleuves d'Asie, des corps frêles vendus aux tenancières de bordel et aux touristes capables de trouver les bonnes adresses ailleurs que dans un *Lonely Planet*. On disait qu'il y avait autant d'Ophélie dans la Hudson River que de bouteilles vides et de vieux kleenex.

L'antichambre de la ville serait l'antichambre de la vie adulte, l'adolescence était un cercle de l'enfer et la banlieue aussi. Il y avait une logique commune entre les maisons en rangées et les uniformes en polyester du collège privé dont j'allais bientôt passer les portes. Pour bien préparer la rentrée, pour que je n'aie peur de rien en traversant la ville, on a fait une fois avec moi le trajet en autobus. Je n'avais pas l'habitude des transports en commun. Les seules expériences que j'en avais relevaient de rares voyages avec la vieille gardienne d'enfants qui me prenait sous son aile durant les mois d'été, et dont les enfants vivaient loin du village qu'ils avaient quitté dès que possible pour faire leur vie en ville.

Le collège était un ancien couvent. Les instituteurs du collège privé étaient des religieux à moitié défroqués, qui ne juraient que par le bon Dieu sans jamais s'empêcher de pécher. Ils rôdaient dans les couloirs en longeant les murs au milieu de la foule étudiante, comme si on avait envahi un espace sacré.

J'étais encore petite quand je suis entrée au collège. Je n'en menais pas large à côté de celles qui, au début de l'adolescence, pouvaient faire croire qu'elles étaient majeures, comme Chantal Brunet dont tout le monde admirait les formes et la beauté. Elle avait les cheveux longs, de grands yeux, ses incisives se chevauchaient un peu au milieu, son visage était couvert d'une épaisse couche de fond de teint qui traçait un cerne le long de sa mâchoire et sous son menton. Ses cils, empaillés de mascara, ressemblaient à de longues pattes d'araignées poilues. Elle maquillait ses paupières d'une poudre bleue et dessinait l'intérieur avec du crayon noir qui finissait par se rassembler au coin de l'œil dans un amas de sécrétions grisâtres. Chantal Brunet avait des seins et un sac à main. Elle se bouclait les cheveux et portait des talons hauts sans tomber.

Dans ma classe, il y avait aussi Christine Blondin. On était presque voisines, on prenait le même autobus le matin. Elle était beaucoup plus grande que moi, et elle était très jolie aussi, des yeux et des cheveux sombres, le teint mat. Elle souriait tout le temps, un sourire qui faisait penser que le cap de l'enfance était déjà passé. Un des tiroirs de ma mémoire la confond avec Céline Dion, comme deux chaussettes de même couleur mais dépareillées. Christine était plus belle.

J'allais chez elle après l'école. Elle vivait de l'autre côté, en bas de la colline, sur le chemin qui menait au centre d'achats, dans un *split level* luxueux. Nous, on habitait dans une maison en rangée étroite, à l'intérieur d'un complexe d'habitation organisé en petits quadrilatères. C'était une microsociété, une ville de Lego et de Playmobil. Christine, elle, habitait dans le grand monde, sa maison plantée sur une vraie rue, sous des arbres qui avaient déjà vieilli. Je ne revois pas sa chambre, je n'ai jamais vu son père qui était haut fonctionnaire et voyageait tout le temps, mais je me souviens de la cuisine, de son petit frère qui roulait en tricycle sur le prélart, en cercles concentriques autour de sa mère. Il était blond comme ça ne s'imagine pas, un ange descendu du ciel.

Christine était douce, joyeuse, et trop gentille. Parfois, son visage prenait une allure de tristesse, mais jamais ça ne durait. Elle avait un petit retard, comme un fil qui la retenait dans la naïveté de l'enfance et lui interdisait de saisir l'envers des choses, l'ironie, les métaphores, le double sens, et que dans le monde il y a aussi des méchants. Quand elle se trouvait en charge d'enfants, gardienne des soirs de sorties, elle s'amusait avec eux sans réserve et sans ennui, se donnant complètement aux jeux de cache-cache et de bals costumés, fabriquant une tente avec des bouts de tissus coincés entre les meubles.

Christine faisait le pont entre les âges de la vie. Au premier abord, on lui donnait dix-huit ans, puis son rire la trahissait, un rire d'oiseau, d'enfant. Ses yeux marrons brillaient et quand ils s'assombrissaient, c'est qu'elle avait subi une déception, comme les petits deviennent renfrognés parce qu'on leur a refusé un bonbon. Christine était quelqu'un dont on voulait préserver la pureté, une sorte d'idiot du village qui n'était pas parfaitement idiot et qui ne flânait pas dans les rues d'un village. On pouvait lui faire avaler n'importe quoi sur les vedettes de cinéma ou les extraterrestres. On nous faisait lire *The Chrysalis* dans la classe d'anglais, et elle, elle y croyait. Elle écoutait, attentive, confiante, sans jamais remettre en question les interprétations qu'on lui proposait. Elle avait la bonté des gens qui ne comprennent pas et qui ne pensent pas que l'autre devant soi peut s'avérer mauvais.

Christine attirait les garçons. Elle avait un corps de femme et ils étaient tous d'accord pour trouver l'occasion de le caresser, même si ce n'était qu'une fois, une seule, parce qu'après il fallait être prêt à la protéger et, surtout, ne pas avoir honte de son petit retard. Moi aussi, petit à petit, je me suis éloignée.

Des années plus tard, ma mère m'a raconté que Christine Blondin s'était mise à fréquenter le fils du Gouverneur général, celui qui plus tard a fini par travailler avec des handicapés. Un peu plus tard, au hasard du retour à la maison au cours des grandes vacances qu'accompagnait toujours une sorte de retour en enfance, ma mère m'a appris que les affaires de Christine avaient été retrouvées éparpillées à l'intersection tout près de la maison, autour de l'abri, là où pendant des années j'étais descendue de l'autobus avant de marcher jusqu'à la maison en tremblant parce qu'il était minuit. Christine avait disparu. Ça ne s'était pas passé à New York, ça avait eu lieu ici, dans ce quartier où rien ne se passait jamais, où il fallait tout inventer pour ne pas mourir d'ennui en oubliant de respirer.

On ne l'a jamais retrouvée. On a su qu'elle avait annulé son quart de travail de l'après-midi, et que le lendemain matin, ses parents avaient constaté qu'elle n'était pas rentrée de la nuit et qu'elle n'avait pas pris son sac à main. On dit qu'un de ses professeurs l'a vue traverser l'intersection en courant. C'était le jour de sa disparition, en fin d'après-midi.

À ce moment-là, à la surface du monde, au cœur du petit nombril, c'était les Jeux olympiques de Calgary. Tout le monde ne parlait que de ça et du scandale du sang contaminé, du sida et des transfusés, la signature d'une autre époque. À la même date, le journal local est tombé en grève, et on ne parlait pas à la télévision des histoires comme celles-là. C'est comme si elle avait disparu deux fois, une première fois dans la rue, une deuxième fois partout ailleurs. Des années plus tard, un sac rempli d'ossements humains a été trouvé au fond de la rivière. Les enquêteurs ont cherché à savoir de qui il s'agissait, laquelle des trois femmes, grandes, brunes, teint mat, disparues les unes après les autres en quelques semaines seulement, aux alentours des maisons en rangées.

J'imagine les parents vieillissants, rides et cheveux blancs, la vie qui a continué malgré eux parce que quand on a donné la vie il est impossible de la voir partir. Ils ont refusé de quitter la maison en banlieue au cas où leur fille un jour reviendrait, comme s'il était possible qu'elle vienne un jour frapper à leur porte, elle aurait oublié sa clé, un coup timide pour ne pas les déranger, peut-être qu'ils dorment. J'imagine le temps épais, lourd, le temps qu'on ne voit plus passer sauf par ce qu'il écrit sur le corps sans qu'on y puisse quoi que ce soit, les réseaux de lignes très fines au coin des yeux et autour des lèvres, les crevasses creusées par les sourires qui, malgré tout, sont restés.

Aujourd'hui, Internet livre d'elle une photo archivée par un réseau qui refuse de laisser les Jane Doe tomber dans le trou noir de l'oubli. Restent aussi, sans doute, la douleur de ses parents le jour de Noël, et le visage de son petit frère devenu ici un acteur un peu célèbre, colosse blond au visage innocent, tombeur ardent, Houdini de la scène et de l'écran. Impossible de savoir si lui aussi il attend, s'il y pense sans arrêt ou s'il essaie d'oublier un peu jusqu'à ce que ça revienne comme un fantôme pas tout à fait enterré. Une fois, en cherchant dans quelles réserves obscures puiser les douleurs d'un rôle, c'est peut-être à elle qu'il pensera, elle qui viendra recouvrir ses pupilles d'un velours très doux, très noir.

Au bout de la rangée de maisons perpendiculaire à la nôtre, sur le flanc ouest du carré de sable, il y avait la maison de Nathalie. Elle aussi fréquentait le collège privé, petite jupe beige avec un pli au milieu et veston brun de vieux monsieur. Dès qu'elle rentrait chez elle, le soir, elle enfilait ses jeans moulants et ses chemisiers à fleurs, et attachait autour de son cou un fil de cuir noir en guise de collier. Nathalie était une vraie rockeuse. Elle vivait avec son frère, sa mère, et la compagne de sa mère — celle qui était apparue dans leur vie après la disparition du père dont on disait qu'il était mort à la guerre, mais personne ne pouvait dire laquelle ni si c'était vraiment vrai. Elle vivait dans une maison décorée de fleurs séchées, d'objets tissés, de céramiques et de jardins suspendus.

Une fois, je suis partie de chez moi en claquant la porte un samedi après-midi, pendant que mes parents lavaient le nouveau chiot qu'on était allé chercher chez l'éleveur au courant de la semaine. J'ai fait une fugue pathétique d'une heure ou deux, et je me suis réfugiée chez Nathalie. J'ai sonné, elle m'a ouvert la porte, elle était seule. Sa mère et sa belle-mère étaient sorties avec le petit frère chahuteur. Nathalie était ravie de me voir. On s'est assis au salon comme les dames s'installent pour prendre le thé, elle m'a offert quelque chose à boire et à manger. La maison sentait les biscuits fraîchement cuisinés, l'odeur que je trouvais quand on arrivait au couvent où je suivais les cours de piano, mais je n'avais pas faim, mon estomac était noué. J'étais en colère, je pleurnichais, je tapais du pied, cette banlieue était maudite, ça ne valait pas mieux que le village, je ne rentrerais jamais chez mes parents...

Nathalie m'écoutait sans rien dire. Elle venait d'une ville vraiment grande, et elle s'en balançait. Je ne savais pas ce qu'elle avait laissé derrière elle, mais elle donnait l'impression de ne jamais se sentir seule. Elle n'avait peur de rien, une force mystérieuse l'accompagnait qui relevait d'autre chose que ce que moi je connaissais, qui ne venait ni des hommes, ni des femmes, ni des chiens. Elle s'était calée au fond du divan pendant que je parlais, les bras enserrant ses genoux, et moi à côté d'elle. Le soleil illuminait la maison, l'angle était meilleur ici que chez nous, les coussins brodés qui décoraient le divan étaient devenus tout chauds. J'en avais pris un dans mes mains et je le tenais contre ma poitrine comme une sorte de bouclier. Il n'y avait rien pour moi au cœur des maisons en rangées, rien d'autre que la piscine perchée sur la petite colline comme point de référence.

Quand je tournais en rond dans l'entrée de la maison, quand je ne savais pas quoi faire de ma journée, ma mère s'impatientait et m'enjoignait d'arrêter. Elle me disait que j'étais bien assez grande pour savoir ce que je voulais. Je me rongeais les doigts, je me craquais les pouces, j'attendais un signe du ciel, quelque chose qui m'indiquerait clairement dans quelle direction aller. Près du carré de sable, au milieu du pâté de maisons en rangées, il n'y avait pas d'horizon. Je levais la tête pour le chercher mais sans succès. Par-delà les façades de brique rouge et les chemins clairement dessinés, je savais qu'il y avait le carrefour, le centre d'achats, les chemins qui menaient vers une autre banlieue, l'autoroute ou le centre-ville d'Ottawa. Mais je ne voyais rien. Je ne savais pas si la vie s'arrêtait ou si elle commençait avec l'abribus et les feux de circulation. On aurait dit une chaudière, un presto sur lequel un couvercle avait été plaqué. Même Dieu n'avait pas le pouvoir de le traverser. Le village était une souffrance, la banlieue l'absence, l'absence de lieu, le bannissement.

Nathalie m'avait raconté que sa mère et sa belle-mère organisaient des séances avec leurs amies, au cours desquelles les morts venaient leur rendre visite, plein de morts entre les murs récemment élevés des maisons en rangées. Je me demandais sur quel terrain la banlieue avait été construite. Je me demandais qui venait ainsi leur parler. J'imaginais une scène digne d'un film, orage et panne d'électricité, noirceur sublime, chandelles allumées. Je voyais des femmes se tenir les mains, les yeux fermés, se laisser traverser par des êtres invisibles, leur voix remplacée par celle de quelqu'un d'autre qui avait quelque chose d'important à dire. Je me demandais à quoi ça pouvait servir, qu'est-ce qui restait de tout ça pour l'avenir? Même Nathalie, une fois, y avait participé. Elle avait rencontré quelqu'un, une fille de son âge qui avait vécu dans le quartier et qui flottait parmi nous sans qu'on ne la voie. Nathalie disait qu'elle avait souvent senti une présence près d'elle, une sorte de chaleur. Un visage lui apparaissait, la nuit, contre le mur de sa chambre, et elle ne savait pas s'il s'agissait d'un rêve, une fille aux boucles blondes en col de dentelle comme dans mon livre préféré quand j'étais enfant, où l'héroïne trouvait des décors et des costumes de théâtre dans le grenier de ses grands-parents. Nathalie disait qu'elle ressemblait à une poupée de porcelaine, Pierrot à la peau blanche et aux vêtements de velours décorés de rubans.

On n'a jamais su qui était cette fille fantôme. Peut-être que Nathalie l'avait imaginée en réponse à ce que sa mère lui avait dit quelque temps avant sur l'enfant qu'elle avait perdu, celle qui aurait été son aînée et qui avait quitté son ventre au bout de vingt semaines sans qu'on sache pourquoi cette enfant-là était repartie d'où elle venait, pourquoi elle avait fait ce choix. C'est comme ça que la mère de Nathalie en parlait, et Nathalie se sentait moins seule, l'aile d'un ange reposait sur ses épaules et la protégeait.

La maison de Nathalie m'est apparue autrement après qu'elle m'a raconté son histoire. Elle est devenue à la fois inquiétude et repos. J'aurais voulu avoir accès, moi aussi, à la petite disparue, mais il ne fallait pas trop y penser, ces choses ne se commandaient pas. C'était comme avoir la vocation religieuse. On avait beau prier, ça venait d'on ne savait où et tout ce qu'il fallait faire, c'était avoir la foi.

Quand je lui parlais de Nathalie, ma mère regardait ailleurs, elle fronçait les sourcils. Je lui disais que je voulais des livres sur ces questions-là, les morts et la télépathie, que ça m'intéressait tout ça. Elle me remballait avec légèreté, disait que c'était seulement une passion d'adolescence, un intérêt qui allait passer. Les histoires de Nathalie, c'était tout ce qui restait de mystère dans l'univers cordé des maisons en rangées. Ça, et les circonstances entourant la mort de Marilyn Monroe. Assise devant la légendaire photo à la robe blanche que j'avais fixée sur un mur de ma chambre, je lisais les mémoires bon marché d'un détective qui disait avoir la preuve qu'il s'agissait bien d'un crime.

Un autre jour de fin de semaine, quelque part au milieu de la matinée, le téléphone a sonné et c'était Nathalie. Ma mère m'a passé le récepteur, je regardais la télé, et j'ai entendu la voix tremblante de mon amie qui disait : « J'ai eu une vision, peux-tu aller vérifier que la maison n'est pas en train de brûler ? » J'ai dit : « Oui, promis », et j'ai raccroché. Ma mère était à côté de moi, je lui ai raconté. Je ne savais pas si je devais croire Nathalie même si je lui avais donné ma parole. J'avais rougi en parlant, je ne la croyais pas complètement et c'est ma mère qui m'a sauvée. Elle n'a pas hésité une seconde. La maison était tout près, ça ne coûtait rien, on irait vérifier. Je la regardais avec soulagement et admiration, comme la fois où j'étais rentrée à la maison après que Marcel, le petit voisin, a fait tomber ses culottes devant moi et qu'elle n'avait pas sourcillé quand je le lui avais avoué. « Rien de plus naturel, tous les enfants font pareil». J'avais eu l'impression de l'avoir échappé belle.

Ma mère pouvait avoir la bonne distance. Elle n'était pas absente, elle était en retrait. Souvent ironique, parfois critique, la plupart du temps bienveillante, elle me regardait de loin me fabriquer, coller ensemble des morceaux dépareillés en cherchant quelle image ça donnerait. Elle ne cherchait pas à remplacer le morceau perdu du puzzle, elle me laissait vivre avec le manque. On n'en parlait pas, ça existait minimalement. Il y avait eu son amour avec lui et sa maternité avec moi, et entre lui et moi il y avait une histoire à écrire qu'elle-même n'écrirait pas. C'était ici aussi une question de foi. Un père disparu existait par-delà l'océan, comme il fallait croire au Christ sans mettre les doigts comme Thomas. Ça se passait entre lui et moi. Ma mère ne s'interposait pas.

C'est la professeure de théâtre qui me l'avait fait comprendre, celle chez qui je m'étais mise à faire le ménage pour gagner un peu de sous. Elle m'avait expliqué que ma mère ne m'avait rien enlevé. Au contraire, elle s'était mise à l'écart pour me laisser libre de choisir ce que je voulais pour l'avenir, un père perdu ou retrouvé. C'était une femme d'un certain âge qui prendrait bientôt sa retraite du collège privé. Elle avait le regard triste et elle vivait seule dans une maison en rangée, dans un autre complexe d'habitations en bas de la colline derrière la piscine. Je suivais ses cours d'art dramatique. Elle me trouvait sympathique et m'avait proposé d'être sa fille de ménage.

Les murs de la maison étaient blancs. Elle avait peu de meubles. Tout était bien rangé. Sur les murs de sa chambre, il y avait deux dessins faits au plomb qui représentaient des chefs amérindiens. Une fois que je passais le plumeau sur les tables de nuit, elle m'a expliqué qu'il s'agissait de ses anciens. Je l'écoutais en silence me raconter son histoire : ces visages étaient apparus à un médium, c'est ainsi qu'elle avait retrouvé ses origines. Les parents qui l'avaient adoptée dans un orphelinat de Montréal après la Deuxième Guerre mondiale n'avaient aucune idée d'où elle venait. Toute sa vie, elle avait cherché, fouillé sa mémoire pour trouver des cailloux qui auraient été oubliés, jusqu'à ce qu'une amie lui propose une séance. Alors, elle s'était laissée aller, elle avait été portée par le regard de ceux qui étaient traversés par les autres et traduisaient leur histoire.

Je faisais le ménage chez elle après l'école, le vendredi, elle m'avait prêté une clé. Un soir, c'était l'hiver, on a sonné à la porte. Je suis allée voir et c'était elle, ensanglantée. Elle était tombée dans les marches glacées et s'était frappé la tête. Ses cheveux teints blonds étaient maculés, ses doigts, ses gants, le devant de son manteau, et elle commençait à délirer. J'ai appelé une ambulance et, le ménage à moitié fait, je suis partie avec elle à l'hôpital. On a attendu des heures aux urgences, elle sur la civière, moi sur une chaise droite. Quand elle a retrouvé ses esprits, elle m'a dit de partir. Il était temps de rentrer chez moi, il faisait déjà nuit.

Je ne l'ai plus jamais revue après ce soir-là. On aurait dit que j'avais été témoin d'un événement interdit. Ce qui était arrivé avait tout et rien à voir avec moi. Elle m'avait dit, un jour, que quand les enfants s'ouvrent la tête ou le visage en tombant, ils sont libérés de quelque chose. Je me suis dit que quelque chose venait elle aussi de la quitter, une grande peine ou un démon. Je ne savais pas ce que j'allais garder de tout ça, mais je n'y suis jamais retournée.

La ville

L'année suivante, même s'il était encore trop tôt pour le faire, je prenais le bus en direction du centre-ville d'Ottawa et du logement que j'allais partager avec une fille qui avait dix ans de plus que moi, de longs cheveux noirs et bouclés, des antiquités dans sa chambre, un amant marié, et une maladie vénérienne. Elle avait accepté de me louer sa deuxième chambre comme transition entre la maison de mes parents et la vraie liberté. J'y installais un lit simple, l'ancienne table de cuisine de mes parents, des livres coincés dans une vieille armoire, et mon innocence. C'était un demi sous-sol dans un immeuble luxueux, ma fenêtre donnait sur un stationnement, je me réveillais en pleine nuit dans les vapeurs de monoxyde de carbone.

Ma mère m'avait regardée partir en serrant les dents, sans tenter de me retenir mais en me laissant entendre qu'il n'y aurait pas de retour innocent, la vie ne serait plus jamais comme avant. Je partais vivre en ville, étudier le jour, travailler la nuit, rentrer tard le soir en longeant la rue Somerset comme s'il n'y avait pas de danger. Parfois, pendant quelques jours, ma colocataire ne rentrait pas et je commençais à m'inquiéter. Je me racontais des histoires, je me disais qu'elle avait été enlevée, qu'elle avait rencontré l'amour de sa vie ou qu'elle était devenue prostituée. Quand elle réapparaissait, je l'accueillais les traits tirés et lui demandais, la prochaine fois, de bien vouloir me tenir au courant. Elle haussait les épaules sans comprendre pourquoi je me souciais d'elle, et partait sous la douche se dépoussiérer.

Je lui enviais sa liberté, son élégance, et même ses soirées dépressives passées langoureusement étalée devant l'écran de la télévision à regarder des bêtises. Je me trouvais alors reléguée à ma chambre, dans ma vie ennuyante passée sous la lumière chaude de ma lampe de travail, avec cette impression que je vivais avec une star de cinéma. Parfois, quand elle était absente, je m'aventurais dans sa chambre le cœur battant. J'ouvrais les petits tiroirs de son armoire circulaire et caressais du regard les perles, les chaînes dorées et les médaillons qui en tombaient en cascades comme ses longs cheveux quand elle défaisait ses chignons. Des sous-vêtements traînaient sur le plancher, des bas, des collants noirs sur le lit immense couvert d'un duvet pur blanc aux bords brodés comme dans l'ancien temps. Elle avait des tonnes de vêtements, tous dépareillés, qu'elle agençait avec des résultats inusités. À l'occasion d'une fête de Noël, je lui ai offert une jolie écharpe en soie blanche à pois noirs que j'avais achetée pour ma mère avant de faire marche arrière, certaine de m'être trompée. Elle l'avait enroulée autour de son cou, ravie, en soulevant sa lourde chevelure, et je l'avais trouvée belle malgré les cernes noirs sous ses yeux, la fatigue qui abîmait déjà son corps. Elle était belle comme ma mère l'avait été un jour de Pâques particulièrement chaud, dans sa longue robe en rayonne blanche couverte de fleurs colorées, qui drapait parfaitement son corps.

Les années ont passé et j'ai appris qu'elle avait eu un fils, qu'il était déjà à l'intérieur d'elle au moment où je lui avais offert l'écharpe, que l'homme marié l'avait déposé dans son ventre sans le savoir et qu'elle attendait alors le bon moment pour le lui annoncer. Encore plus tard, j'ai appris qu'elle l'avait élevé seule, le père une fois la semaine, une fois le mois, une fois l'année.

Ça a été notre seule fête de Noël ensemble. Le printemps suivant, je changeais de logement pour m'installer avec une amie qui ramenait à la maison un réserviste canadien dont les bottes noires martelaient le couloir à toute heure de la nuit. Devant l'occupation du territoire, j'ai fini par quitter l'appartement, puis la ville, puis j'ai déserté le pays. Je me suis éloignée du village en traçant des cercles concentriques de plus en plus grands. Je me suis retrouvée dans un appartement tout blanc à Ann Arbor Michigan, dans un deux pièces hors de prix au fond de Southampton England. J'ai fini par atterrir à Montréal des années plus tard. Quand le moment est venu de décider dans quel quartier les valises allaient enfin être posées, j'ai fait un dernier détour. Je me suis envolée vers la grande ville que j'avais toujours vue à la télé.

J'avais vu des tas de films, des drames remplis de disparues et d'assassinées, de salles d'attentes aux murs noirs de moisissures, d'urgences bondées criantes, de morgues galvanisées, les visages gris de jeunes policiers corrompus ou désabusés, impassibles derrière une grille rouillée à l'entrée d'un poste de police, qui disent aux mères, sans les regarder : « Nous vous appellerons dès qu'il y aura du nouveau dans le dossier. » J'étais saturée d'images.

C'était après le 11 septembre. Les fantômes couraient dans tous les sens, puissants, enragés, étourdissants. J'étais partie quelques jours en me répétant qu'il n'y aurait pas de drames, rien de mauvais produit par le réseau Fox ou Universal Studios, pas de prémonitions, pas de complots. J'avais retenu mon souffle au moment où l'avion avait décollé, j'avais écouté le chauffeur de taxi me raconter son divorce, ses filles boursières à l'école privée et ses ébats avec des clientes aux goûts particuliers. J'avais vu New York surgir au bout du pont comme un immense gâteau de noces.

Le soir de mon arrivée, une meute de policiers avait été installée en bordure du parc à Columbus Circle, debout une main sur la hanche, les jambes légèrement écartées, bien plantées. *We're trying to prevent something from happening.* Le lendemain matin, à l'aube, un cagoulé à vélo faisait sauter une bombe à Times Square, devant le centre de recrutement de l'armée américaine. Ce n'était pas la première fois que ça arrivait. Il y avait eu d'autres attentats, mais cette fois-ci le voyou avait obtenu son effet. Les journalistes, mobilisés pour l'occasion, tâtaient le pouls de la population, interrogeaient les passants. Ils demandaient : « Sommes-nous marqués à jamais ? »

Au téléjournal, le présentateur soulignait avec étonnement et fierté le calme imperturbable des New-Yorkais. Pour eux qui avaient connu le pire, la vie malgré tout continuait, *it's a wonderful world, it's a beautiful day in the USA*. Sur l'écran de la télévision, je voyais de jeunes mères pousser tranquillement des bébés dans toutes les rues chiffrées, des écolières en uniforme flâner dans Chelsea et Washington square. Des groupes de filles déambulaient près du kiosque au fond de Central Park, de vieilles femmes tricotaient calmement sur un banc, collées les unes contre les autres, chacune courbée sur son ouvrage. Une maille à l'endroit, une maille à l'envers, la vie continuait, la vie ordinaire.

Une jeune femme s'arrêtait devant un kiosque à journaux, le vendeur la saluait rapidement. Il la connaissait, elle passait tous les matins, restait quelques minutes à parler comme si c'était à lui qu'elle s'adressait. Elle délirait tout haut sa vie avec en arrière-fond l'orchestre des sirènes et des klaxons, criant la paranoïa que les gens partagent mais ne disent pas, même tout bas. Puis, elle repartait, marchait d'un bon pas le long de l'avenue jusqu'à son prochain arrêt. Le vendeur soulevait la tête en replaçant ses journaux, la regardait rapidement s'éloigner en soupirant. Il connaissait une femme, chez lui, au Pakistan. Toute la journée, jour après jour, elle marchait sur le même bout de trottoir, entre deux pâtés de maisons, comme si elle allait quelque part. Elle marchait d'un pas rapide et décidé jusqu'à l'intersection, puis elle faisait demi-tour comme les nageurs à la fin d'une longueur, et reprenait encore une fois son chemin. On disait que, toute jeune, elle avait perdu un enfant. « C'était une femme riche, disait le vendeur de journaux, elle n'était pas comme nous. » On n'a jamais retrouvé sa fille et elle n'a jamais arrêté de marcher. Les gens du quartier lui offraient à boire et à manger, même des vêtements et des chaussures pour protéger ses pieds tordus et ensanglantés. On laissait les choses à côté du mur devant lequel on savait qu'elle allait passer. La nuit, pendant une heure ou deux, quand tout le monde dormait, elle s'arrêtait un peu, mais reprenait sa marche dès que le soleil se levait…

Les touristes se plaignaient des New-Yorkais. On disait qu'ils étaient rudes, brusques, arrogants, intolérants. Les New-Yorkais, eux, menaient leur vie en faisant le plus possible abstraction des touristes, c'est-à-dire sans les contourner quand ils s'arrêtaient en pleine foule, au milieu du trottoir pour consulter une carte, lever le nez en plissant les yeux à cause du soleil, prendre une photo qu'on a déjà vue dix mille fois. Les touristes étaient un grain de sable dans la roue bien huilée de la ville.

J'avançais au rythme des New-Yorkais. Je descendais du Upper West Side jusqu'à Battery Park en longeant Ground Zero. La foule était un raz-de-marée, une vague qui déferle, et je me laissais porter. Autour de moi, le cliquetis des talons hauts, le mouvement des mallettes en cuir tenues au bout du bras, les bribes de conversations attrapées au vol, le cri des vendeurs de hot-dogs et de journaux. En marchant d'un bon pas, les hommes d'affaires en Hugo Boss parlaient avec animation à un interlocuteur caché dans un écouteur au fond de l'oreille. Les gens entraient, sortaient des restaurants avec une pointe de pizza, un bagel, un smoked meat, et mangeaient en marchant. Ils s'arrêtaient parfois devant une vitrine, faisaient une pause pour allumer une cigarette contre le vent, puis reprenaient le rythme. Il fallait savoir où aller, et si on ne le savait pas, il fallait se mettre à côté de la foule pour retrouver ses marques. C'est elle qui occupait le haut du pavé.

J'ai suivi les trottoirs de New York comme une série de fausses pistes. Arrivée au bout de Broadway, j'ai entrepris de refaire le chemin en sens inverse. Cette fois, je suis partie à l'aveugle dans des petites rues transversales, un dédale que je découvrais au fil des pas en sachant que j'allais retrouver mon chemin même si je ne savais pas où j'allais. Les rues déferlaient sous mes pieds. Je m'y aventurais rapidement, presque en courant, comme sur un tapis roulant. Je me laissais guider par un élan, poussée, tirée à la manière des oiseaux qui valsent dans le vent après avoir abandonné toute volonté. Les rues étaient autant de pistes truffées d'indices pour une quête sans objet. Je les dévalais à toute vitesse, en ne voyant presque rien autour, simplement en ressentant les vibrations des corps, la musique des gens, attrapant la vie comme on accroche des notes sur une portée. Il n'y avait pas de sens à trouver, seulement suivre un mouvement, pas de course contre une montre imaginaire.

J'ai tourné dans les rues de New York avec pour seul point de repère le soleil que je perdais et retrouvais pour m'assurer que j'allais vers le nord. Au bout de quelques heures, au bout de la rue devant moi, j'ai reconnu le mur du kiosque à journaux. Il était tard, le vendeur avait plié bagages, je suis rentrée à l'hôtel. Le téléjournal n'annonçait rien de nouveau. La journée avait été banale, rien de grave à signaler. Les criminels étaient les mêmes que la veille. À la télévision, on continuait à faire le décompte des soldats morts outre-mer pour une guerre insensée qui se déroulait dans les villes, sur les routes, dans les terrains vagues. Plus près de nous, les faits divers avaient pris congé.

Le lendemain matin, je rentrais à Montréal.

Durant le trajet vers l'aéroport JFK, le chauffeur du *yellow cab* m'avait décrit une autre armée. Il m'avait parlé d'un événement apprécié des touristes, la Parade et le grand bal des sirènes de Coney Island. Ça avait lieu une fois par année, en présence de Creamy Stevens, Little Brooklyn, Bambi, the Mermaid, Bunny Love, Sizzle Dizzle, My Name Is Jamie. L'histoire de la petite sirène, c'est l'histoire d'une jeune fille qui sacrifie sa voix pour l'amour d'un prince qui ne reconnaît pas en elle celle qui lui a sauvé la vie lors d'un naufrage. « Plante ce poignard dans son cœur ! » supplient les sœurs de la petite sacrifiée, et tu reviendras parmi nous. Incapable de faire le moindre mal, la petite sirène jette le poignard dans la mer et joue la fille de l'air.

Dans l'avion, dans l'épaisseur du ciel au-dessus de New York, j'ai cherché les filles de l'air. Peut-être qu'elles survolaient la ville, qu'elles se laissaient flotter entre les nuages près de la statue de la Liberté, comme des parachutistes pour qui la guerre ne serait jamais terminée. Une fois atteinte la vitesse de croisière, je regarde l'hôtesse avancer dans l'allée. Elle a fait les démonstrations utiles en cas d'urgence et rangé son attirail dans le compartiment à bagages situé à l'avant de l'appareil. Je me demande si, depuis le 11 septembre, tout est devenu aussi compliqué qu'on le dit, ou si rien ne le sera jamais assez. L'hôtesse est grande, blonde, jolie, un peu absente. Elle prépare distraitement le chariot des jus et des cafés. Elle est jeune, mais elle a déjà mille fois coincé le chariot avec son pied dans les zones de turbulence. Elle sait tenir l'engin en usant de son poids, déposer sur les tablettes les gobelets remplis de liquide et garnis d'un bâtonnet de plastique sans les renverser. Elle a de grands cernes violets sous les yeux à cause des trop longs quarts de travail, des passagers exigeants comme cet homme qui l'a rappelée trois fois en une demi-heure pour de l'eau, du café, des arachides salées, et elle, toujours un sourire, jamais une grimace exaspérée.

L'histoire raconte que, pour devenir immortelles, les filles de l'air doivent faire le bien pendant trois cents ans. On dit que ce temps d'épreuve peut être raccourci quand, pénétrant dans les maisons des hommes où il y a des enfants, elles y trouvent un enfant sage. Mais si, au contraire, l'enfant est cruel et méchant, chaque larme versée à cause de lui ajoute à leur attente une journée. Ça me rappelait les histoires qu'on racontait à l'église du village, le dimanche matin, les mêmes rôles joués par d'autres personnages, ou dans la bibliothèque rose, les petites filles modèles. Je préfèrais voir les filles de l'air comme des justicières, des amazones, comme des anges aussi, et comme des sœurs, *sisters of mercy, sisters of blood, sisters of life, sisters of providence, sisters of liberty, sisters of New York City.*

En Russie, on dit que dans chaque petite fille habite une femme, comme des poupées qui auraient été emboîtées à l'envers, c'est la plus grande qui est au centre. Toutes ces filles débusquées, elles étaient à l'intérieur de moi et je les avais sorties au grand jour, comme les lapins qui sortent des chapeaux de magicien. Je les portais comme les veuves, les fiancées, les sœurs, les amies portent autour de leur cou la plaque d'identité d'un soldat disparu au combat.

La veille de notre départ du village maudit, ma mère m'avait trouvée penchée au-dessus de la table de ma chambre devant un ensemble de petites pièces éparpillées. Certaines d'entre elles étaient tombées sur le sol, perdues dans le tapis. J'avais le bout des doigts couvert de colle, je ne savais plus quelle était la prochaine pièce que je devais poser pour donner vie à la maquette d'une Lotus Esprit comme celle de James Bond dans *L'Espion qui m'aimait*. Ma mère s'est assise sur mon lit et m'a regardée faire un moment. Puis, elle s'est relevée sans rien dire, elle m'a embrassée sur la tête et est repartie dans la cuisine en soupirant devant tout ce qu'il restait à faire, les armoires à vider, les boîtes à remplir, les poubelles à fermer, le dos qu'il fallait finir par tourner sur le passé.

Je suis restée dans ma chambre en silence. J'ai continué, délicatement, à coller les morceaux ensemble. Je me sentais calme et patiente. J'avais retrouvé le fil des étapes. Je voyais enfin le bout du tunnel, la dernière pièce à coller. C'était la voiture des héros. Elle pouvait rouler à toute vitesse sur les routes de campagne et les grandes avenues bétonnées, dans les dunes de sable et à flanc de montagne. Elle était submersible et, du fond de l'eau, elle pouvait tirer des missiles.

Le jour du départ, je me suis installée sur le siège arrière de la Cortina rouge. La voiture a descendu Boundary Road jusqu'à la rampe de l'autoroute, laissant couler de plus en plus d'espace entre nous et le village minable. Pas une seule fois je n'ai regardé derrière moi pendant qu'on s'éloignait.

SÉRIE « P »

des rééditions en format de poche

Gabriel Anctil
Sur la 132

Nicolas Chalifour
Vu d'ici tout est petit

David Clerson
Frères

Martine Delvaux
Les cascadeurs de l'amour n'ont pas droit au doublage
C'est quand le bonheur?

Louise Dupré
L'album multicolore

Hélène Frédérick
Forêt contraire
La poupée de Kokoschka

Mathieu Leroux
Dans la cage

Catherine Mavrikakis
Deuils cannibales et mélancoliques
Les derniers jours de Smokey Nelson
Le ciel de Bay City

Alice Michaud-Lapointe
Titre de transport

Simon Paquet
Une vie inutile

ROMANS PARUS CHEZ HÉLIOTROPE

GABRIEL ANCTIL
Sur la 132

VINCENT BRAULT
La chair de Clémentine
Le cadavre de Kowalski

NICOLAS CHALIFOUR
Variétés Delphi
Vu d'ici tout est petit

DAVID CLERSON
En rampant
Frères

MICHÈLE COMTOIS
Le tableau de chasse

ANGELA COZEA
Interruptions définitives

MARTINE DELVAUX
Blanc dehors
Les cascadeurs de l'amour n'ont pas droit au doublage
Rose amer
C'est quand le bonheur ?

JULIE DEMERS
Barbe

OLGA DUHAMEL-NOYER
Le rang du cosmonaute
Destin
Highwater

LOUISE DUPRÉ
L'album multicolore

KEVIN LAMBERT
Tu aimeras ce que tu as tué

GRÉGORY LEMAY
Le cœur des cobayes
C'était moins drôle à Valcartier
Les modèles de l'amour

MICHÈLE LESBRE
Chemins
Écoute la pluie
Sur le sable

PATRICE LESSARD
Cinéma Royal
L'enterrement de la sardine
Nina
Le sermon aux poissons

CATHERINE MAVRIKAKIS
Oscar De Profundis
La ballade d'Ali Baba
Les derniers jours de Smokey Nelson
Deuils cannibales et mélancoliques
Le ciel de Bay City

JULIE MAZZIERI
La Bosco

ALICE MICHAUD-LAPOINTE
Villégiature

SIMON PAQUET
Une vie inutile

GAIL SCOTT
My Paris, roman

VERENA STEFAN
Qui maîtrise les vents connaît son chemin
d'ailleurs

SÉRIE « K »

Gwenaëlle Aubry
Lazare mon amour. Avec Sylvia Plath

Anne-Renée Caillé
L'embaumeur

Collectif
Printemps spécial

Carole David
Hollandia

Martine Delvaux
Le monde est à toi
Nan Goldin

Cynthia Girard
J'ai percé un trou dans ma tête

Thierry Hentsch
La mer, la limite

Mathieu Leroux
Dans la cage

Michèle Lesbre
Un lac immense et blanc

Catherine Mavrikakis
Diamanda Galás
L'éternité en accéléré
Omaha Beach

Alice Michaud-Lapointe
Titre de transport

Simon Paquet
Généralités singulières

HÉLIOTROPE NOIR

Éric Forbes
Amqui

Isabelle Gagnon
Du sang sur ses lèvres

Jonathan Gaudet
La piscine

Patrice Lessard
Excellence Poulet

André Marois
Bienvenue à Meurtreville

Maureen Martineau
Une église pour les oiseaux

Marie Saur
Les Tricoteuses

Marie-Ève Sévigny
Sans terre

Héliotrope
4067, boulevard Saint-Laurent
Atelier 400
Montréal (Québec)
H2W 1Y7
www.editionsheliotrope.com
www.facebook.com/editionsheliotrope

Achevé d'imprimer le 14 août 2017
sur les presses de Marquis